Gabriele Brang
Charlotte von Mahlsdorf

Gabriele Brang

Charlotte von Mahlsdorf

Berliner Köpfe
Band 6

Jaron Verlag

Abbildungen
Brang, Gabriele: S. 14, 80, 141
Gründerzeitmuseum Mahlsdorf: S. 8 (2)
Köppen, Bernd: S. 169 (unten)
Taschner, Jens: S. 169 (oben)
UTF GmbH/Monika Uelze: S. 2, 45, 111

1. Auflage 2004

Umschlaggestaltung: Bauer + Möhring, Berlin, unter Verwendung eines Fotos von UTF GmbH/Monika Uelze
Satz: Pinkuin Satz und Datentechnik, Berlin
Lithographie: LVD GmbH, Berlin
Druck und Bindung: Clausen & Bosse, Leck
ISBN 3-89773-125-8

Inhalt

Charlotte von Mahlsdorf – eine Gründerzeitlegende

»Ich war nie ich«, gestand mir Lothar Berfelde, der sich Charlotte von Mahlsdorf nannte, kurz nachdem wir uns befreundet hatten. Wie nebenbei kam dieser Satz von ihren Lippen, als hätte sie etwas ganz Belangloses von sich gegeben. Doch wer kann schon ermessen, wie viel durchlebte Tragik hinter dieser Erkenntnis steckte? Sonntagskindern wird gern nachgesagt, dass sie mit besonders viel Glück im Leben bedacht sind. Leicht hatte es der an einem Sonntag – dem 18. März 1928 – geborene Lothar Berfelde, der sich später Charlotte von Mahlsdorf nannte, jedenfalls nie.

Die Eltern bewohnen die obere Etage im Mahlsdorfer Hause seines Großonkels Josef Brauner. Dort wächst Lothar als ältestes von drei Geschwistern in relativ behüteten Verhältnissen auf. Statt Fußball oder Räuber und Gendarm zu spielen, sammelt Lothar seine ersten Uhren, Grammophone und so genannte »Kramagen«. Das sind vor allem alte Schlüssel, die er ständig in der Vordertasche der damals üblichen Knabenschürze mit sich trägt. Die Vorliebe für dicke Schlüsselbunde und Schürzen wird ihn ein Leben lang begleiten. Überhaupt mag das zierliche, sensible Lotharchen Mädchenkleider lieber als lange Hosen. Im Gegensatz zur herzensguten Mutter versucht der des-

Als Lottchen noch Lotharchen war

potische Vater dem zart besaiteten Sohn regelmäßig mit einer Peitsche männliche Tugenden einzuprügeln und verliert, wenn er getrunken hat, alle Hemmungen. Schutz findet das heranwachsende Kind beim verständnisvollen Großonkel, Josef Brauner. Dort baut sich Lothar, zwischen Plüschsofa und Gründerzeitvertiko, im Geiste seine eigene heile Welt auf, unter dem Vorsatz, diese nie mehr zu verlassen.

Es ist ein Akt der Verzweiflung, als der 15-Jährige in einer Februarnacht 1944 seinen schlafenden Vater erschlägt. Zu vier Jahren Jugendhaft verurteilt, wird er mit dem Einmarsch der Roten Armee im April 1945 wieder freigelassen. In Mahlsdorf erwarten Lothar die Möbel seines ein Jahr zuvor verstorbenen Großonkels. Sie verheißen ihm nach wie vor Glück und Schutz. Rigoros flüchtet er für den Rest seines Lebens in die ihm vertraute Welt der Gründerzeit.

Lothar – Lottchen – Charlotte von Mahlsdorf: Immer wieder versucht sie, der eigenen Identität zu entfliehen. Einmal entstammte sie der Adelsfamilie von Beerfelde, ein andermal war sie mit den von Treskows verwandt, wäre aber ebenso gern Dienstmädchen einer netten Herrschaft der Jahrhundertwende gewesen, in dessen Rolle Charlotte bei jeder passenden Gelegenheit schlüpfte. Und genauso, wie sie sich ihr ideales Ich-Bild zurechtschneiderte, bis es wie eine zweite Haut passte, verschmolzen im Laufe der Zeit auch Dichtung und Wahrheit ihrer Geschichten zu einem zähen Legendenkleister. Wahrscheinlich kann man Charlotte deshalb auch nicht nach konventionellen Maßstäben beurteilen, ohne ihr damit unter Umständen Unrecht zu tun.

Sie war nicht in der Lage, einen Zusammenhang zwischen ihrer Scheinwelt, in der sie lebte, und den tatsächlichen Gegebenheiten herzustellen. Auf Grund ihrer kindlichen Naivität und Gutgläubigkeit ließ sich Charlotte sehr leicht manipulieren und sagte beziehungsweise tat dann Dinge, die nicht ihrem eigentlichen Wesen entsprachen. Auf der anderen Seite steckte aber auch ein großes Geltungsbedürfnis in ihr, wenn sie zum Beispiel klagte, dass sie in diesem »verbrecherischen SED-Staat« unter schlimmsten Diskriminierungen zu leiden hatte, nur weil sie schwul war. Und was Charlotte mit ihren Halbwahrheiten nicht schaffte, steuerten die auf Sensationshascherei ausgerichteten Medien bei.

Vieles, was sie von sich erzählte und behauptete, ist nicht nachweisbar. Hat Charlotte wirklich das Friedrichsfelder Schloss vor dem angeblichen Abriss gerettet, indem sie dort als 18-Jährige mit den Möbeln ihrer Nenntante und des Großonkels einzog? Hat die Mutter kurz nach Kriegsende tatsächlich eine Hypothek auf ihr Haus aufgenommen, damit der Sohn von dem Geld das Dach des Schlosses reparieren lassen konnte? Überall, wo ich in dieser Angelegenheit nachfragte, bekam ich die Antwort, dazu gäbe es keine eindeutigen Hinweise und das wäre von diesem Hochstapler doch nur zusammengesponnen. Sollte diese Bemerkung vielleicht bedeuten: Was nicht sein darf, das kann auch nicht sein? Spätestens an der Stelle bewahrheitet sich das Sprichwort: Wer einmal lügt, dem glaubt man nicht, und wenn er auch die Wahrheit spricht. Alles, was über ihr Leben vor dem Einzug in das Mahlsdorfer

Gutshaus zu berichten wäre, beruht auf Spekulationen, ist für immer versunken in der Märchenwelt der Charlotte von Mahlsdorf.

Ein ganz eigenes Thema ist ihre Zusammenarbeit mit der Stasi in den Jahren 1971 bis 1977. Aus deren Akten geht nachweislich hervor, dass Charlotte nur das wiedergegeben hat, was im Zusammenhang mit ihrem Sammlerfreund Alfred Kirchner stand. Kirchner, der an amerikanische Offiziere, die in West-Berlin stationiert waren, Standuhren verkaufte, benutzte Charlottes Kellerräume als Zwischenlager, womit auch sie ins Visier von Zoll und Stasi geriet. Charlotte, die einerseits ziemlich obrigkeitshörig war und zum anderen furchtbare Angst hatte, dass man ihr das Gutshaus samt Möbelsammlung wegnehmen würde, sagte einer Zusammenarbeit bei der »Aufklärung spekulativer Handlungen der drei westlichen Besatzungsmächte« sofort zu. Nachdem Alfred Kirchner im August 1971 verhaftet worden war und sich herausgestellt hatte, dass die Uhren keinen spekulativen Zwecken dienten, sondern wirklich nur in den Wohnzimmern dieser Offiziere landeten, sollte Charlotte, die den Decknamen »Park« trug, Informationen über Freunde und Besucher ihres Museums an die Stasi liefern. Was aber von Anfang an erfolglos blieb. Im Abschlussbericht vom 29. Dezember 1977 steht dazu: »Park war ständig mit seinen überbetonten persönlichen Interessen (museale Tätigkeit) beschäftigt, und es bestand keine Möglichkeit, ihn anderweitig … in die operative Arbeit des MfS einzubeziehen.«

Interessant ist die von der Stasi verfasste Beurteilung

Charlottes, in der es heißt: »Der Kandidat hat einen etwas eigensinnigen Charakter. Die einzige Aufgabe, die er sich gestellt hat, ist die … an seiner musealen Darstellung und Dokumentierung der Gründerzeit zu arbeiten. Auf dieses Ziel hat er auch seinen ganzen Lebensstil eingestellt. Er ist von der Seite der persönlichen Bedürfnisse her sehr anspruchslos, wohnt in sehr bescheidenen Verhältnissen, im Keller seines Hauses, kauft sich keine neue Bekleidung, sondern trägt Sachen, die ihm Bekannte und Arbeitskollegen schenken. Seine geringen materiellen Mittel benutzt er ausnahmslos für die Vervollständigung seiner musealen Sammlung. Seinem ganzen Wesen nach kann er als ausgesprochener Idealist bezeichnet werden … Da er aber auch bestrebt ist, nach seinem Tode dieses Museum der Stadt Berlin zu überschreiben, und keinen Pfennig verlangt, steckt hier für die Gesellschaft ein hoher Nutzen.«

Ich selbst lernte Charlotte als eine etwas schrullige, nette alte Dame kennen, die wie ein Faktotum zwischen ihren Museumsstücken hauste. Die wunderbar Geschichten erzählen konnte – ob die nun wahr waren oder nicht. Deren größte Achtung und Bewunderung der Handwerkskunst gehörte und die mich mit dem Eingeständnis überraschte, dass sie ihr Gründerzeitmuseum niemals hätte erschaffen können, wenn sie nicht über die körperlichen Kräfte eines Mannes verfügt hätte. Ich mochte ihren feinsinnigen Humor, der oft mit einer leisen Selbstironie einherging, und ihren natürlichen Charme, mit dem sie so herrlich kokettieren konnte. In den beiden letzten Jahren, bevor sie nach Schweden auswanderte, hatten wir viel Zeit miteinander verbracht. Dabei erlebte ich Charlotte in den unterschiedlichsten Situationen, und nicht immer zeigte sie sich von ihrer angenehmen Seite. Mir wurde deutlich, wie sorgfältig sie mit dem Mahlsdorfer Gründerzeitmuseum ihr selbst erschaffenes Ich konserviert hatte. Trotzdem entschloss sie sich, unter dem massiven Einfluss der beiden Frauen B. und S., die seit über zehn Jahren bei ihr lebten, 1997 Mahlsdorf und ihr Gutshaus zu verlassen. Keiner ihrer wenigen, aber wahren Freunde konnte sie daran hindern.

Als Charlotte Mitte der achtziger Jahre B. kennen lernt, ist sie glücklich. In gutem Glauben, die richtige Nachfolgerin für ihr Museum gefunden zu haben, adoptiert sie B., bis diese eines Tages auf S. trifft. Auch sie zieht in das Gutshaus, und die beiden Frauen heiraten. B., die, wie Charlotte, bisexuell veranlagt ist, bringt irgendwann einen gewissen M. mit, der dann ebenfalls auf Charlottes Kosten lebt. Die beiden Frauen merken schnell, dass sie für die Museumsarbeit nicht geschaffen sind. Zwar hat ihnen der Fall der Mauer eine lukrative Vermarktung Charlottes ermöglicht, aber selbst das ist auf Dauer mit zu viel Anstrengung verbunden. Man träumt von einem Aussteigerleben. Die Wahl fällt auf Schweden. Was sie dafür brauchen, ist Geld. Der Überfall einer Bande von Skinheads auf ein Schwulen- und Lesbenfest, das 1991 im Gutspark stattfindet, liefert die Rechtfertigung. Charlotte wird das Schicksal ihrer Nenntante Luise vor Augen geführt, die kurz nach Kriegsende Deutschland verließ, weil sie meinte, »die Braunen kommen wieder«. Ein Argument, das sich Charlotte schnell zu Eigen macht, zumal Ostern 1991

Abschied von Berlin – Charlotte und die Autorin

ihr innig geliebtes Muttichen verstorben ist und sie niemanden mehr hat, der ihr nahe steht. Charlotte verkauft einen Großteil ihrer Möbelsammlung an die Stadt Berlin, legt ihr Leben, samt einer Bankvollmacht über ihr Konto, in die Hände ihrer drei angeblichen Freunde und zieht mit ihnen nach Porla Brunn. Kaum dort angekommen, verschwinden die drei mit dem Geld. »Was nicht sein kann, das nicht sein darf«, heißt es in einer Gedichtzeile bei Christian Morgenstern. Eine Sentenz von tragischer Bedeutung, denn Charlottes Glaube, dass es jedermann gut mit ihr meint, war bis dahin unerschütterlich. Trotzdem erweist sie sich noch einmal als Sonntagskind: als sie am 30. April 2002, im Alter von 74 Jahren, nicht in Schweden, sondern in ihrem geliebten Berlin verstirbt.

So möchte ich mit diesem Buch versuchen, Charlotte ein Stück ihrer Authentizität zurückzugeben, jenseits des bis über ihren Tod hinaus verbreiteten Zerrbildes von der notorischen Lügnerin, die ein zusammengeklautes Gründerzeitmuseum betrieb. Dafür ließ ich Freunde und Bekannte zu Worte kommen, die bereit waren, mir über ihre Eindrücke und Erlebnisse mit Charlotte zu erzählen. Entstanden ist ein Porträt, das zwar keinen Anspruch auf Vollständigkeit erheben kann, aber einen differenzierten Einblick in das Wesen eines Mannes gibt, für den zwei Dinge überlebenswichtig waren: sein Gründerzeitmuseum und dessen Bewahrung als ein Stück Berliner Alltagskultur – und wie eine ganz normale Frau betrachtet und behandelt zu werden.

Eckehard Massow

Ich war nur eine Randfigur in ihrem Leben

Mein Vater war Kunstmaler, und ich weiß noch, wie mich meine Eltern 1953 auf den Berliner Künstlerball der Maler und Bildhauer mitnahmen. Lothar sorgte dort mit seinen alten Platten und einem Grammophon für Stimmung. Das hat mich, als 13-Jährigen, damals sehr beeindruckt. Lothar hat ja gern Spaß gemacht, war immer freundlich und spritzig, wie Sekt.

Richtig kennen gelernt haben wir uns Januar 1960, im Märkischen Museum, wo ich nach einer Buchbinderlehre als Restauriereleve anfing. Der damalige Depotverwalter führte mich zuerst durch die Ausstellungsräume und anschließend ins Depot, wo ich zukünftig arbeiten sollte, und dort saß Lothar Berfelde. Über diese Begegnung waren wir sehr erfreut, weil wir in Mahlsdorf fast in unmittelbarer Nachbarschaft wohnten und uns daher schon vom Sehen kannten.

Das Museumsdepot bestand aus einzelnen Nischen, und in einer davon saß Lothar und wartete die Uhren und Spieluhren. So bekam er Uhren in die Hand, von denen andere nur träumten. Er besaß aber auch die dafür erforderliche Geduld. Ich werde nie vergessen, wie kalt es dort im Winter immer war. Wir haben sehr gefroren in unseren Nischen, weil nur ein Ofen im Depot stand, der kaum Wärme ausstrahlte.

Als Lothar 1949 im Märkischen Museum anfing, war noch Dr. Stengel Direktor, der ihn sehr förderte und ihm anbot, ihn zum Restauratoren auszubilden. Lothar war ja nur Autodidakt. Auf Anraten Dr. Stengels hat er sich auch Inventarbücher für seine eigene Sammlung angelegt und darin jedes Stück akribisch eingetragen. Er war der geborene Museologe, recherchierte sorgsam und beschrieb alles sehr genau.

1960 wurde dann Dr. Hühns Direktor des Märkischen Museums. Der hatte die Idee, die Musikmaschinensammlung im Automatophonenraum vorzuführen, und das sollte Lothar machen. Damals kamen immer sehr viele Schulklassen zu uns ins Museum. Die Kinder hatten jedes Mal großen Spaß bei seinen Vorführungen und tanzten oft ausgelassen dazu. Darum hat Lothar, wenn es besonders nett und lustig zuging, manchmal auch die eine oder andere Platte nachgelegt. Später, nachdem er entlassen worden war, übernahm Frau Daumann diese Vorführungen.

Ich besuchte Lothar schon zu der Zeit, als er gerade anfing, das Gutshaus wieder bewohnbar zu machen, und den vielen Schutt vom Boden räumte. Es sah dort oben furchtbar aus, das Gebälk durch und durch wurmstichig. Eimerweise hat er den Schutt heruntergeschleppt, der sich als riesiger Berg unter der großen Pappel türmte, die damals noch im Gutshof stand. Lothar wirkte dabei in seiner Kittelschürze und dem nach hinten gebundenen Kopftuch wie eine Berliner Trümmerfrau. Er hat für dieses Haus körperlich sehr schwer und unter großen Entbehrungen gearbeitet.

Eines Tages lud er mich ein, um mir seine Grammophone und Edisonwalzen zu zeigen. Unbeschreiblich, dass jemand das gesammelt hat! Die alten Nadeln zum Abspielen der Walzen waren ja kaum noch zu bekommen. Alle Möbel in seinem Museum hatten ihre Geschichte, und manchmal wünschte man sich, deren Besitzer kennen zu lernen oder dass diese Stücke ganz einfach anfingen zu erzählen. Es klänge wohl gleichermaßen wie ein Lachen und ein Seufzen zur deutschen Vergangenheit.

Kurz bevor der Fischerkiez gesprengt wurde, bat mich Lothar, ihm zu helfen und dorthin mitzukommen. Wir schnappten uns den Museumskarren, das war so ein alter Berliner Zweiradkarren mit riesigen Rädern, und liefen Richtung Spittelmarkt. Lothar baute aus den Abrisshäusern für sein Gutshaus die alten Flügeltüren aus. Alles, was in den Wohnungen zurückgelassen worden war und was er gebrauchen konnte, nahm er mit. Damit haben wir den Karren voll geknallt und sind anschließend in die »Letzte Instanz« gegangen, um zusammen einen Apfelsaft zu trinken. Bei der Gelegenheit unterhielten wir uns auch sehr nett und angeregt, obwohl unsere Ansichten etwas unterschiedlich waren. Lothar liebte Kaiser Wilhelm, während ich schon immer mehr auf Zille stand. Später haben wir den schwer beladenen Karren auf dem Hof des Märkischen Museums abgestellt, und Lothar schleppte die Dinger dann nach und nach weg. Ich habe von dieser Aktion letztendlich auch ein wenig profitiert, weil dabei ein paar Messingtürklinken für mich abfielen.

Es muss 1970 gewesen sein, als sich die Direktion des Märkischen Museums eine neue Kleiderordnung einfallen ließ. In einer Schneiderei wurden für das Personal Uniformen genäht, auf deren Jacken ein Emblem des Märkischen Museums abgebildet war. Lothar wollte aber partout keine Dienstuniform tragen und erschien dafür im Sommer in kurzen Lederhosen. Das gab natürlich mächtigen Ärger, da prallte die deutsche Bürokratie auf seine Freiheitsliebe, und als Anfang 1971 wieder einmal sein Honorarvertrag ablief, wurde er von der Direktion einfach nicht verlängert. Darüber war Lothar damals sehr verbittert, denn er hatte viele Jahre für ein wirklich ganz geringes Gehalt mit großem persönlichem Einsatz im Museum gearbeitet.

Ich traf ihn nach Dienstschluss auch einmal als Grande Dame verkleidet und hatte in der Situation überhaupt keine Vorstellung, wie ich darauf reagieren sollte. Ich war ziemlich verlegen, schließlich war ihr Verhalten nicht üblich. Lothar wurde für seine Art und sein äußeres Auftreten viele Jahre oft und schlimm gehänselt. Man braucht eben menschliches Verständnis und Kenntnis von diesen Dingen, um sich die richtige Meinung bilden zu können. Ich erinnere mich noch, wie ich ihn besuchte, kurz nachdem er eine große Feier in seiner Mulackritze gegeben hatte. Den Kellergang entlang hingen lauter Fotos der Leute, die mit ihm gefeiert hatten. Ich staunte über die vielen entzückenden Mädchenporträts, worauf Lothar mir erklärte: »Nein, das sind Jungen.« Ich war perplex darüber, wie man sich als Person doch verwandeln kann.

Nachdem Lothar sein Buch »Ich bin meine eigene Frau« geschrieben hatte und sich auf einmal öffentlich als Charlotte titulierte, machte er sich rar. Von da an verlor ich sie aus den Augen. Erst in der Jahrhundert-Neujahrsnacht rief sie mich wieder an, aus Porla Brunn. Sie wollte nur wissen, ob ihr Telefon nach Mahlsdorf noch funktionierte. Das war unser letztes Gespräch.

Das Mahlsdorfer Museum war Charlottes Leben, ihre Existenz. Und mit ihrer für viele befremdlich wirkenden Lebensweise hat sie doch keinen Schaden angerichtet. Lothar war mit so vielen Leuten befreundet, nur schade, dass auch die gebildeten unter ihnen nicht verstanden haben, seine enormen Leistungen auf dem Gebiet der Berliner Kulturgeschichte zu erkennen.

Ich bin zwar viele Jahre Lothars Kollege gewesen, habe ihn auch immer wieder im Gutshaus besucht, aber eigentlich war ich nur eine unbedeutende Randfigur in seinem Leben.

Eckehard Massow ist Restaurator für Archivalien und Grafik

Godo Heupel

Einverstanden, wir sagen Lothar

Als Lothar mit seinen Möbeln, die er von seiner Nenntante Luise geerbt hatte, Ende der vierziger Jahre aus Schloss Friedrichsfelde raus musste, ist er wieder nach Mahlsdorf zurückgekommen und hat hier das leer stehende Gutshaus für sich entdeckt. Den Grundstock für seine große Sammlung mit den vielen Buffets, Regulatoren und anderen Sachen erwarb er zwischen 1960 und 1965, also kurz vor und nach dem Mauerbau. Damals bekam er von Leuten, die in den Westen gingen, für Pfennige ganze Wohnungseinrichtungen, manches sogar umsonst, Hauptsache die Wohnung war leer. Etliche sind ja nur mit einem Koffer geflüchtet, haben alles andere stehen und liegen lassen, und später, bei den Haushaltsauflösungen, wollte kein Mensch mehr deren alten Trödel haben. Das Zeug wäre auf dem Müll oder im Ofen gelandet, wenn es Lothar nicht mitgenommen hätte. Das war der eigentliche Beginn seiner riesigen Sammlung.

Anfangs wusste er gar nicht, wohin damit. Überall, wo es sich ergeben hat, brachte er die Möbel unter, bei Bekannten auf Böden und in Garagen oder bei seiner Mutti im Schuppen. Im Gutshaus selbst konnte man kaum auftreten, weil alles kreuz und quer lag, ob nun auf dem Dachboden oder im Flur, wo an der einen

Wand unzählige Uhren hingen und auf der anderen Seite die Vertikos und Buffets sich stapelten. Damals stand der Flur teilweise so voll, dass es nicht möglich war, vom hinteren Ende nach vorn, zum Eingang, durchzulaufen. Einige Zimmer ließen sich überhaupt nicht betreten, weil auch die Türen zugestellt waren. Lothar musste die Möbel dann entweder erst zusammenschieben oder auf den Boden schleppen.

Er war in diesem Durcheinander ständig am Suchen. Trotzdem wäre er nie auf die Idee gekommen, etwas aus seiner Sammlung zu verkaufen. Auf gar keinen Fall! Er selbst ist doch mit seiner kleinen Rente und dem bisschen Essen klargekommen. Wenn aber jemand eine alte Türklinke, einen Schalter oder andere Kleinigkeiten brauchte, das konnte man sich bei ihm aussuchen. Solche Sachen hatte er ja wie Sand am Meer. Dann wühlte Lothar so lange in seinen Schätzen, bis er seiner Meinung nach das Richtige gefunden hatte.

Die Treppe, die in den Keller führt, war damals ein ganz heißes Eisen. Die konnte in der ersten Zeit überhaupt nicht benutzt werden, weil sie genauso kaputt war wie das ganze Haus. Als Notlösung hat Lothar dann einfach Sperrholz über die Stufen gelegt. Und wenn er die Besucher runter in die Mulackritze führte, hat er jedes Mal seinen obligatorischen Spruch dazu aufgesagt, mit dem er auf die morsche Treppe aufmerksam machte. Ich habe ihn mehrmals gewarnt: »Mensch Lothar, wenn hier jemand runterfällt, das gibt riesigen Ärger.« Er war ja nicht versichert, konnte er doch gar nicht, bei dem bisschen Geld, das ihm zur Verfügung stand.

In den ersten Jahren waren die Besucherzahlen noch

sehr bescheiden, doch nachdem es sich mit seinem Museum langsam herumgesprochen hatte, standen die Leute auch schon zu DDR-Zeiten bei ihm Schlange. Der Grund, warum die letztendlich gekommen sind, war nicht so sehr das Museum, sondern Berfelde selbst. Sie sind wegen ihm und seiner Geschichten gekommen, und das hat er nun wirklich sehr nett gemacht. Und weil das Haus anfangs noch keine funktionierende Heizung hatte, sagte Lothar in den kälteren Monaten immer zu den Besuchern: »Dann wird eben mit Anstand gefroren. In den Schlössern haben die Damen stets mit Anstand gefroren, weshalb sie auch drei, vier, fünf, sechs Unterröcke trugen.«

Wir lernten Lothar 1958 kennen, gleich nachdem er in das Gutshaus eingezogen war. Wir besaßen zu der Zeit schon Telefon, und weil Lothar ziemlich viel telefonieren musste, ist er öfter zu uns herübergekommen. Und wenn er dann erst einmal bei uns war, hat er auch immer tüchtig gegessen. Lothar ernährte sich ja hauptsächlich von Zuckerwasser, Weißkäse mit oder ohne Leinöl, Honig und Pflaumenmus. Aber Honig war für ihn schon Luxus. Ich dachte jedes Mal, der muss doch Magenschmerzen kriegen, solche Mengen konnte er verdrücken. Wir freuten uns aber, dass es ihm schmeckte, und er hat dafür wiederum so schön erzählt. Unzählige Stunden haben wir mit ihm zusammengesessen, wenn er ins Erzählen kam. Ich kann mich erinnern, dass Lothar Anfang der sechziger Jahre manchmal auch in den Mahlsdorfer Kindergarten essen ging. Die Kindergärtnerinnen hatten immer etwas für ihn übrig und haben ihn gern beköstigt.

Im Laufe der Zeit kannten ihn viele Mahlsdorfer, unter denen er eigentlich recht beliebt war. Trotzdem haben sich etliche über ihn gewundert und sicherlich auch gefragt: »Was ist das für eine komische Figur?« Obwohl er immer bescheiden und zu jedem freundlich gewesen ist. Wenn Lothar damals durch das Dorf ging, hatte er zwar einen taillierten Mantel an und Seidenstrümpfe, auch Damenschuhe, aber nie einen Rock. Ein Kleid hat er nur angehabt, wenn er seine privaten Feste oder besondere Gäste hatte, sonst trug er zu Hause Kittelschürze. Manche haben ihn dafür belächelt, und anderen ist er in seinem Aufzug gar nicht aufgefallen, denn ein typisches Männergesicht besaß er ja nicht, schon wegen seines Haarschnitts.

Als Berfelde in das Gutshaus zog, befand sich auf dessen Rückseite ein verglaster Vorbau, eine Art Wintergarten. Den konnte man vom großen Saal aus betreten, und über die Terrassentür führte eine Freitreppe direkt in den Park. Diesen Wintergarten hat Lothar sofort abgerissen, weil er meinte, so etwas gehöre nicht an ein Gutshaus. Überhaupt sah das Haus ursprünglich viel schlichter aus. Den Portikus über der Eingangstür, den gab es früher nicht, den hat erst die Familie von Schrobsdorf aufsetzen lassen, so um 1860/61.

Lothar hätte es mit den Restaurierungsarbeiten und dem Aufbau des Museums allein gar nicht geschafft, wenn ihn nicht etliche seiner Bekannten unterstützt hätten. Ich habe mit Kollegen und Freunden viel am Innenausbau des Gutshauses geholfen, beim Decken Sanieren und Wände Setzen, einfach als Nachbarschaftshilfe. Lothar hat mir das Material bezahlt, und damit war die Sache erledigt. Damals war das so, da brauchte einer den anderen mehr, als es heute der Fall ist.

In der ersten Zeit standen seine Möbel alle durcheinander. Von einem richtigen Museum konnte da keine Rede sein. Das ging aber nicht anders, weil die einzelnen Zimmer noch nicht ihre alten Ausmaße besaßen. Jeder der Vormieter hatte, gerade wie er es brauchte, die Räume entweder vergrößert oder verkleinert, also willkürlich Wände eingerissen oder neue gezogen. Auf Denkmalschutz hat doch damals niemand Rücksicht genommen. Erst als sich Lothar des Hauses annahm, wurde auch an Denkmalschutz gedacht. Zum Glück existierten noch die originalen Bauunterlagen, und nach denen haben wir die ursprünglichen Wände gezogen, mit Hohlblocksteinen. Das hatte zwar auch nichts mit Denkmalschutz zu tun, aber unter dem Putz fällt es nicht auf. Seit wir die Wände gezogen haben und Herr L. hinterher die Türen mit viel Arbeit und Mühe eingesetzt hat, ist leider Gottes am gesamten Gebäude nichts mehr gemacht worden. Zwar hält noch eins das andere, doch ist alles nur eine Frage der Zeit. Ehe so ein Haus zusammenfällt, das dauert Jahre, wenn jetzt aber irgendwo eine Stelle zu bröckeln beginnt oder der Sturm das marode Dach beschädigt, wird es schwierig sein, das Gutshaus zu erhalten.

Lothar erwähnte irgendwann einmal, dass früher im Gutspark unter anderem auch Stuckteile des Berliner Stadtschlosses lagen. Wie die dahin gelangt waren, weiß ich nicht. Er hat sie dann, glaube ich, ins Märkische Museum gegeben.

In dem Zusammenhang erzählte er uns auch, dass er ganz doll traurig war, als das Berliner Stadtschloss gesprengt wurde, denn so stark beschädigt war es nicht, dass man alles hätte niederreißen müssen. Es ist immer das Gleiche: Was nicht in die Geschichte passt, muss weg. Und Geschichte wiederholt sich bekanntlich, heute wie damals.

Die kostbarsten Möbel, die Lothar besaß, stammten ja von seiner Nenntante Luise, aus ihrem Schloss in Ostpreußen. Dazu erzählte er uns eine sehr schöne Geschichte. Der ehemalige Kronprinz war noch vor dem Ersten Weltkrieg während eines Manövers im Schloss der Tante einquartiert und sah dort ihre Bibliothek. Sie gefiel ihm so gut, dass er fragen ließ, ob er diese Bibliothek für das Berliner Stadtschloss nachbauen lassen dürfe. Lothars Tante gestattete es ihm unter der Bedingung, dass nach der Fertigstellung sämtliche Pläne davon vernichtet würden. Daraufhin ist zunächst ein Zeichner zu ihrem Landsitz gefahren, der die Bibliothek abgezeichnet hat. Und Julius Groschkus, der damalige königliche Möbellieferant, baute sie dann originalgetreu nach. Berfelde wusste zwar nicht, was während der Bombenangriffe im Zweiten Weltkrieg mit der Bibliothek passiert war, glaubte aber, dass sie nicht im Schloss verbrannt sei, sondern irgendwo noch existiere.

Kurz bevor Lothar nach Schweden ging, saßen wir zum Abschied noch einmal zusammen, da meinte er zu mir und meiner Frau: »Nun kennen wir uns schon so lange, nun sollten wir doch ›du‹ zueinander sagen, ihr könnt Charlotte oder Lottchen zu mir sagen.« Wir hatten ihn ja bis dahin immer mit »Herr Berfelde« angesprochen. Ich habe dann erwidert: »Nee, Herr Berfelde, das nicht, aber einverstanden, wir sagen Lothar.«

Godo Heupel ist ehemaliger Nachbar von Charlotte

Detlef Landherr

Herr Landherr macht das schon!

Ich bin gelernter Tischler und arbeitete unter anderem für das Schloss Friedrichsfelde. Zwei und ein viertel Jahr habe ich dort die Tischlerarbeiten, das heißt den gesamten Innenausbau gemacht, neue Paneele angefertigt, sämtliche Türen eingesetzt, wirklich alle Holzarbeiten erledigt. Das war so zwischen Mitte und Ende der siebziger Jahre, als das Schloss rekonstruiert wurde. Charlotte hatte zu der Zeit eine Beratertätigkeit im Schloss, weil er es bereits kannte, als es sich noch im Privatbesitz derer von Treskow befand. Er war wohl einmal mit seiner Tante dort zu Besuch gewesen, und in diesem Zusammenhang erzählte mir Lothar auch, dass er mit den von Treskows irgendwie entfernt verwandt war. Was daran Märchen war und was Wahrheit, weiß ich aber nicht. Aus dem Grunde wusste Lothar jedenfalls, wie die Deckenmalereien und Wandbespannungen im Schloss früher ausgesehen hatten. Ich glaube, über eines dieser Deckengemälde hat er sogar eine Abhandlung geschrieben, die er den Denkmalpflegern zur Verfügung stellte, und die konnten es danach rekonstruieren. Dank Lothars Wissen ist in der Empfangshalle auch das barocke Treppengeländer erhalten geblieben. Er war ja 1946 in das Schloss gezogen. Bevor er im Frühjahr 1948 mit seinen Möbeln dort wieder ausziehen musste, sagte man ihm noch, dass das erste, was dort rausfliege, dieser Staubfänger von einem Treppengeländer sei. Worauf Lothar die Herren erst einmal darüber aufklärte, dass es sich bei dem so genannten Staubfänger um ein Eichenholzgeländer aus dem frühen 18. Jahrhundert handele, geschnitzt von einem italienischen Meister. Zum Glück stieß er nicht auf taube Ohren, sonst wäre dieses herrliche Stück für immer verloren gewesen.

Eines Tages, als Lothar wieder einmal im Schloss zu tun hatte, schaute er sich ganz interessiert die Türen an und meinte: »Die Türen schließen aber gut. Wer hat denn hier die Türen eingesetzt?« Der Herr von der Denkmalpflege sagte ihm: »Das war der Herr Landherr, der macht hier alle Holzarbeiten.« »Könnte er das nicht auch bei mir im Gutshaus machen?«, fragte Lothar daraufhin.

Der von der Denkmalpflege fragte mich dann, ob ich nach Feierabend und an den Wochenenden für das Gründerzeitmuseum arbeiten würde. »Ich kann es mir ja mal anschauen«, meinte ich und fuhr mit ihm nach Mahlsdorf. Als ich Charlotte dort sah, war mein erster Gedanke: Das ist die Putzfrau und der richtige Lothar Berfelde wird noch kommen – aber er war es tatsächlich selbst. Ende 1979 begann ich also mit geringsten Mitteln, viel Handarbeit und einer selbst gebauten Kreissäge, Raum für Raum die Türen im Gutshaus einzusetzen. Für meine Säge benötigte ich eine solide Auflage. Lothar riet mir, sie auf seinem Prügelbock zu montieren, weil sie da den richtigen Halt hätte. Was ich nicht wusste, war, dass es sich bei diesem Ding um den originalen Prügelbock aus der Hurenstube handelte, die früher zur Mulackritze gehörte. Das hat mir Lothar erst viel später erzählt, bis dahin konnte ich auch mit dem Begriff »Prügelbock« nichts anfangen.

Für sämtliche Türen im Gutshaus musste ich neue Futter anfertigen, die Dielen ausbessern, aber auch Scheuerleisten und Türschwellen erneuern, die ich zum Teil aus alten Fußbodenbrettern machte. Sein Museum war da schon komplett eingerichtet; er hat aber immer einen Raum leer geräumt, sodass ich ungehindert arbeiten konnte. Teilweise habe ich auch seine Möbel restauriert, und bald hatten wir eine richtig freundschaftliche Beziehung.

Seine Mutter kannte ich auch. Die war so alte Schule. Eher alter Adel, zackig und akkurat. Auf die DDR bezogen machte sie mal den Spruch: »Na ja, wenn Knechte regieren.« Sanftmütig war sie schon, aber typisch preußisch exakt. Eine ruhige Frau, die sehr stolz auf ihr Söhnchen war. Sie hat immer »ihr Söhnchen« gesagt und nicht den weiblichen Ausdruck Lottchen benutzt. Die Mutter war Lothars Ein und Alles. Für seine Mutter hat er wirklich alles getan. Er hat, solange sie lebte, stets dafür gesorgt, dass ihr Haus in Ordnung war, und hat sämtliche Reparaturen für sie bezahlt.

Wie ich ihn kennen lernte, hat er sehr kärglich gelebt. Ein normaler Mensch hätte so nicht leben mögen. Er hat im Keller des Gutshauses unter den unmöglichsten Bedingungen gehaust, weil es im Winter der wärmste Ort war. Bis ich kam und überall Türen einsetzte und die vergammelten Fenster austauschte. Die Fensterrahmen und -flügel ließ er sich nach alten Originalen anfertigen, aber ohne Beschläge. Angeln, Fensterecken und so hatte er ja selber haufenweise. Lauter verrostete Dinger, die wurden ein bisschen gereinigt, und anschließend schlug ich die Fenster damit an. Dafür habe ich sogar die ursprünglichen Schmiedenägel verwendet, die ich aber alle erst wieder gerade kloppen musste. Das war eine Heidenarbeit. In den ersten Jahren wurden ihm öfter die Fenster eingeschlagen, bis Lothar überall bruchsicheres Glas einbauen ließ. Das war nicht nur teuer, sondern bei den alten Fensterrahmen auch nicht einfach, weil dieses Glas ja ziemlich dick und dementsprechend schwer ist. Natürlich haben irgendwelche Strauchdiebe immer wieder versucht, bei ihm einzubrechen. Lothar besaß aber noch eine alte Sirene mit Handkurbelantrieb, und als er eines Nachts draußen am Haus jemanden werkeln hörte, hat er das Ungetüm in Gang geschmissen und wie verrückt gekurbelt, bis das Ding mit einem höllischen Huhuuuu losheulte. Mit seiner Sirene habe er den Einbrecher in die Flucht geschlagen, erzählte er mir ganz stolz.

Das gesamte Haus sah katastrophal aus, teilweise war der Schwamm im Keller, die meisten Holzsachen waren verfault. Er hat die Bude nie warm bekommen, weil es keine Heizmöglichkeiten gab, das war unmöglich. Selbst bei der Arbeit fror ich oft. Einzig in seiner Küche, im Keller, war es auszuhalten, in der stand ein kleiner Heizradiator. Sobald dann im Frühjahr die ersten Sonnenstrahlen kamen, riss er die Fenster auf, um die Wärme von draußen reinzulassen. Hundekalt, ungemütlich, wenig zu Essen, unmöglich. Gegessen hat Lothar überwiegend nur Quark und Brot. Wenn ich an den

Wochenenden bei ihm arbeitete, hat er manchmal gesagt: »Na, Herr Landherr, heute gibt es mal was Feines.« Und dann hat er was »gekocht«. Gekocht, indem er ein Glas warm gemacht hat, Spaghetti mit Tomatensoße. Ich musste schon lachen, wenn er das ankündigte, denn es gab immer dasselbe. Und so sagte er das nächste Wochenende auch wieder: »Herr Landherr, heute gibt es was Feines.« Und ich wusste: Spaghetti mit Tomatensoße. Und dann immer seine Frage: »Wollen Sie einen Teller mitessen?« Ansonsten hat er nur Weißkäse gegessen – und Knoblauch. Da musste man hart im Nehmen sein. Er hat da keine Rücksicht genommen – hat Knoblauch gegessen, schnell noch eine Stulle hinterhergeschoben, dann ging die Führung los. Er hat wirklich sehr ärmlich gelebt von seiner kleinen Rente. Seine Freunde haben ihn immer wieder mal zum Essen eingeladen, damit er sich satt essen konnte, und er hat dafür seine Geschichten erzählt, und dann war das ein geselliger Abend – sozusagen. Berfelde war ja ein ausgehungerter Mensch, ständig das bisschen Weißkäse.

Manchmal hat er etwas aus seiner Sammlung verkaufen müssen, um zu leben und am Haus weitermachen zu können. Das besserte sich erst, als es mit der Filmerei im Gutshaus losging. Lothar bekam gute Honorare dafür, dass die vom Film und Fernsehen bei ihm drehen und Requisiten ausleihen durften, und wir konnten letztendlich von dem Geld eine Menge am Haus instand setzen. Auch für den Fernsehfilm »Mathilde Möring« wurden etliche Szenen im Gutshaus gedreht. Zwischen den Filmleuten und mir baute sich im Laufe der Zeit eine ziemliche Spannung auf. Die haben ständig

»Ruhe!« gebrüllt. Ich musste aber, um die Türen einzusetzen, oft und viel klopfen, was natürlich höllischen Lärm machte. Trotzdem war Lothar nicht von seiner fixen Idee abzubringen, dass ich weiter arbeiten sollte – anstatt die Sache um ein paar Tage zu verschieben. Schließlich sagte ich: »Herr Berfelde, was nutzt es, wenn ich hier sitze und darauf warte, irgendwann einen Hammerschlag machen zu können, und Sie müssen das bezahlen?« »Ach, das macht nichts, Herr Landherr«, antwortete er, »dann warten Sie eben und machen Pause.« Notgedrungen habe ich mir während der Filmaufnahmen andere Arbeiten vorgenommen und dabei versucht, möglichst leise am Holz zu schrappen.

15 Jahre war ich als Tischler bei Intercor beschäftigt, bevor ich mich mit meiner Betriebsleitung überwarf und kündigte. Knall auf Fall aufgehört, die Frau zu Hause, mit zwei Kindern und einem großen Hund, die alle ernährt werden mussten. Meine Frau meinte damals nur: »Bist du verrückt?!« Berfelde sagte, als er die Geschichte hörte: »Wissen Sie, Herr Landherr, jetzt kennen wir uns schon so lange, fangen Sie doch bei mir an.« Zuerst war ich skeptisch. Eigentlich besaß er gar nicht genug Geld, um mir normalen Lohn zahlen zu können. Na ja, schließlich habe ich mich darauf eingelassen und ein Jahr bei ihm gearbeitet, von 1984 bis 1985. »Herr Berfelde«, erklärte ich ihm, »jetzt müssen Sie aber einen Arbeitsvertrag für mich aufsetzen.« »Ach«, erwiderte er, »davon habe ich ja gar keine Ahnung, Herr Landherr. Das können Sie besser.« Ich setzte mich also zu Hause hin, habe mir etwas ausgedacht und einen Arbeitsvertrag geschrieben. Am nächsten Morgen hat er ihn

durchgelesen und gesagt: »Ja, das ist wunderbar, so machen wir das, Herr Landherr«, und hat ihn unterschrieben. Dann sind wir zum Finanzamt. Dort hat er gemeldet, dass der Herr Landherr bei ihm angestellt sei, als Tischler und Restaurator, und so wurde es auch in meinen Sozialversicherungsausweis eingetragen.

Um 9 Uhr habe ich bei ihm angefangen, aber da ist er noch lange nicht aufgestanden, frühestens gegen 13, 14 Uhr. Er war ja ein Nachtmensch. Mir war das egal, ich hatte meine Schlüssel und wusste, was zu machen war, weil wir das am Abend vorher immer schon abgesprochen hatten. Wenn ich Mittagspause machte, ist er meist aufgestanden und hat gefrühstückt. Einmal, als ich früh zur Arbeit kam, saß er im Nachthemd in der Küche und begrüßte mich. An den Anblick musste man sich auch erst mal gewöhnen – mit seinen nackigen Stachelbeerbeinen. Er hatte ein Buch vor sich liegen, über Juden im KZ und wie dort medizinische Versuche mit Frauen gemacht wurden. Das Buch muss ihn so bewegt haben, dass er, was sonst nie vorkam, schon auf war, um darin zu lesen. Er sagte: »Ach, Herr Landherr, setzen Sie sich, ich muss Ihnen etwas vorlesen.« Es war ein englischsprachiges Buch, er konnte ja Englisch, weil er nach dem Krieg eine Ausbildung zum Dolmetscher absolviert hatte. Er hat den Text auf Englisch vorgelesen und gleich ins Deutsche übersetzt. So ging das bestimmt zwei bis drei Stunden. Mir war das schon unangenehm, ich wollte doch arbeiten, schließlich bezahlte er mich dafür. Er sagte: »Nein, Herr Landherr, bleiben Sie mal sitzen«, und so musste ich mir das anhören.

Ja, Lothar war ein gutmütiger, feinfühliger und vom Wesen her sehr ruhiger Mensch. Wenn er aber richtig wütend wurde, konnte er regelrecht ausrasten, wie ein Choleriker. Ich habe es erlebt, als einmal Film- oder Radioleute bei ihm waren, er aber wegmusste und deshalb schon sehr nervös war. Die spielten dann auch noch, ohne zu fragen, an einem seiner Grammophone, und dabei ist irgendeine Kleinigkeit kaputtgegangen. Da ist Berfelde wahnsinnig wütend geworden, hat wie verrückt gebrüllt und angefangen, die Schallplatten aus dem Fenster zu schmeißen. Danach erzählte er mir, das mit den Schallplatten hatte er damals, als man ihn enteignen wollte, auch so gemacht. Er hat sich ans offene Fenster gestellt und die Dinger durch den Park segeln lassen. Wenn sie ihm die Sachen wegnehmen wollten, hat er gesagt, würde er vorher alles zertrümmern und zerhacken. Damals, 1974, hat er massenweise aus seiner Sammlung verschenkt. Die Leute sind mit Schubkarren und sonst was gekommen und haben die Sachen weggeschleppt, Grammophone, Uhren, Petroleumlampen. Jedenfalls hat er es mir so geschildert.

In dem Jahr, als ich bei ihm angestellt war, musste Lothar einmal übers Wochenende weg. Er hatte ständig Angst vor Einbrüchen und fragte mich, ob ich so lange im Gutshaus bleiben würde. Seit ich überall Türen eingesetzt hatte, schlief er in dem Schlafzimmer, das noch heute in der Ausstellung steht, und ich musste dann eine Nacht in seinem Bett zubringen. Etwas ungewohnt war es ja, aber es ging. Eigentlich wollte er gleich morgens nach Hause kommen, dann hat es aber doch bis nachmittags gedauert, bis ich erlöst wurde.

Ich hatte den Eindruck, nach dem, was ich persönlich davon mitbekommen habe, dass er von vielen seiner Szene-Freunde ausgenutzt wurde – und nicht zu knapp. Etliche in diesen Kreisen sammeln ja Antiquitäten und Nostalgisches. Und speziell diese Typen haben es sehr gut verstanden, Berfelde um den Bart zu gehen. Außerdem gingen eine Menge bekannter Leute, also Künstler und Intellektuelle, mit Sammlerleidenschaft bei ihm ein und aus, von denen Lothar mir erzählte, dass sie mit ihrem »Na, Lottchen« auch so manches bei ihm abstaubten. Fakt ist jedenfalls, dass er in seinem Leben sehr oft und viel ausgenutzt wurde. Er hat zwar seine Sachen nicht verschenkt, so doof war er nun auch wieder nicht, und manches war schon überteuert, weil er überhaupt keine Ahnung von den gängigen Preisen in dieser Branche hatte, aber er war nicht gerissen genug. Wer ihn geschickt einwickeln konnte, konnte ihn auch regelrecht übers Ohr hauen. Sodass er sich oft das, was er vorher ergaunert hatte, wieder abknöpfen ließ. Außerdem hat er ja das Geld nicht für sich selbst behalten, sondern sofort in den Erhalt des Hauses gesteckt.

Lothar hat mir auch meinen Weg in die Selbstständigkeit, zum Möbelrestaurator, geebnet. Ich bin ihm sehr, sehr dankbar, dass alles so in die Bahnen gekommen ist. Er kannte zum Glück überall Leute. Noch während ich bei ihm angestellt war, ermöglichte er es mir, dass ich für das Märkische Museum die Ausstellungsstücke für das Mori-Ogai-Gedenkzimmer aufarbeiten konnte. Zu DDR-Zeiten war es kaum möglich, sich selbstständig zu machen. Der damalige Generalkonservator vom Institut für Denkmalpflege hatte aber die Befugnis, bei Bedarf Zulassungen für freiberufliche Möbelrestauratore zu vergeben; eine solche erhielt ich 1985 schließlich auch. Ich hatte überhaupt keine Ahnung, wie so etwas vor sich ging. Aber Herr Berfelde half mir wieder und sagte, er sei ja auch selbstständig und kenne sich auf dem Finanzamt aus und er würde mit mir dorthin fahren. Er half mir dann, die Steuernummer zu beantragen und Formulare auszufüllen. Und wie wir da so sitzen und elend lange warten müssen, sagt Lothar plötzlich: »Mann, ich bin ja mit einem Zeitungsmenschen verabredet.« Als wir zurück nach Mahlsdorf kamen, waren wir bestimmt zwei Stunden zu spät, und er rief ganz erstaunt: »Das ist ja ein Ding, der ist nicht mehr da!« Und meinte darauf: »Wenn ich von jemandem ein Möbelstück haben wollte oder eine Uhr, ich habe auf der Treppe gesessen, bis die Leute gekommen sind, und wenn ich die Nacht dort schlafen musste, aber ich habe gewartet!« Er hat eben in einer ganz anderen Welt gelebt. Zeit war für ihn unwichtig, er hatte kein Gefühl dafür. Wenn ich abends oder am Wochenende für ihn arbeitete, musste ich immer drängeln, um nach Hause zu kommen. Wenn er schon sagte: »Herr Landherr, es geht gleich los, ich gehe nur schnell auf den Boden und gucke, ob wir noch ein passendes Holzstück haben.« Das Schlimme war nur, er kam dann nicht mehr runter. Jedes Mal hat er dort oben dieses gefunden oder jenes und war damit in seiner Welt versunken.

Zu der Zeit, als ich meine Zulassung als Möbelrestaurator erhielt, wohnte teilweise schon die B. bei ihm im Museum. Lothar hat sie dann statt meiner eingestellt.

Sie sollte ein bisschen sauber machen und bei Bedarf auch die Führungen übernehmen. Ich hatte von Anfang an ein merkwürdiges Gefühl und ahnte, dass er ausgenutzt wurde. Irgendwann fragte ich ihn, ob er das nicht bemerken würde. Zuerst hatte ich den Eindruck, dass er mir dankbar dafür war, denn er meinte, ich solle ihm ruhig offen sagen, was ich empfinde. Später, als noch diese S. dazu kam, wurde er ganz und gar von den alten Freunden abgeschirmt. Ich bin der Meinung, er hätte nicht nach Schweden ziehen dürfen. Hier hatte er sein Museum, war bekannt und anerkannt und vor allem auch beliebt. Er hätte einfach einen Schlussstrich ziehen sollen und sich von den beiden Frauen trennen müssen, das wäre besser für ihn gewesen. Sie haben ihn vollkommen beherrscht. Vielleicht hing das mit seiner sexuellen Neigung zusammen, dass er es gut fand, bevormundet zu werden. Ich denke, nur deswegen konnte er auch so abhängig von ihnen werden. Allein wäre er nie auf die Idee gekommen, aus Mahlsdorf wegzugehen. Das ist alles erstunken und erlogen. Nur wegen des Überfalls auf das Gutshaus bei seinem Schwulen- und Lesbenfest wäre er nicht gegangen, diese Neonazi-Typen gibt es doch heute wieder überall auf der Welt. Die Frauen haben ihm das eingeredet, die wollten unbedingt weg.

Früher, zu DDR-Zeiten, hat er sich mit seinem Anderssein in der Öffentlichkeit bedeckter gehalten. Für die Mahlsdorfer Nachbarn war er Herr Berfelde, wenn er aber seine Schwulen- und Lesbenfeste gab, war er selbstverständlich Lottchen.

Einmal, als ich wieder ein Wochenende ziemlich lange bei ihm gearbeitet hatte, sagte er zu mir: »Ach, Herr Landherr, ich muss auch noch in die Stadt. Wir könnten doch zusammen mit der S-Bahn fahren.« Na ja, warum nicht, dachte ich und wartete, bis er fertig war. Etwas komisch sah er schon aus, in seinem taillierten, unten ausgestellten Mantel mit dem riesigen Kragen und mit der offenen kantigen Ledertasche, die er sonst zum Einkaufen benutzte. Die groben Hände und das Gesicht waren ja auch nicht gerade sehr fraulich. In Damenschuhen und mit Kopftuch um, so ist er dann mit mir losgelaufen. Gott sei Dank war es schon dunkel, aber in der S-Bahn haben sie uns beide ganz schön gemustert. Doch da musste ich durch und dachte: Nur nichts anmerken lassen.

Ich weiß noch, wie ich die erste Tür im Gutshaus einsetzte, im hinteren kleinen Zimmer. In dem schlief er eine Zeit lang, da stand nur sein Bett drin, ein Trumeauspiegel und das eingebaute Klo. Ich kniete gerade auf der Erde, als ich auf einmal hinter mir hörte: »Herr Landherr, Herr Landherr, gucken Sie mal.« Ich drehte mich um und dachte, ich sehe nicht richtig. Völlig verkleidet, im Dirndl, mit ausgestopftem Busen und Perücke stand er vor mir und rief begeistert: »So habe ich den ersten Preis auf dem Transvestitenball bekommen!« Dann musste ich ihn begutachten und meinte: »Oh, Sie sehen ja toll aus.« Das fand er wiederum ganz toll. Er war schon ein verrückter Kerl.

Zwischendurch kam es vor, dass er einen Besucher oder Freier bei sich hatte. Es waren meist Leute, die den Hintern versohlt kriegen wollten. Auch aus Mahlsdorf kam einer regelmäßig, um sich seine Tracht Prügel abzuholen. Der war verheiratet, kam aber wohl mit seiner Frau nicht mehr zu Rande. Und wenn er dann angesoffen war, hat er, oft am helllichten Tag, bei Berfelde an die Tür gepocht und gerufen, ob er da sei. Lothar hat die Sache schnell nebenbei erledigt, und dann ist der wieder abgezogen. Das hörte man natürlich im ganzen Haus. Obwohl es ein merkwürdiges Gefühl für mich war, habe ich es einfach weggesteckt und mir gedacht: Solange du nicht selbst damit behelligt wirst!

Lothar erzählte mir mal, dass er eigentlich bisexuell veranlagt wäre. Obwohl er es mir zu erklären versuchte, war dieser Wechsel bei der Bisexualität für mich schwer nachvollziehbar. Wenn einer anders herum ist, dann ist er anders herum, und das ist dann eben so. Aber wie er sagte, mal so und mal so, das war für mich kaum begreiflich. Ist schon eine verdrehte Welt gewesen. Für mich waren das zwei völlig verschiedene Personen, die er in sich trug, irgendwie war er zwiegespalten. Doch das Schönste war, wenn er in seinem Nachthemdchen durchs Museum schwebte, manchmal stundenlang. Dabei war es oft barbarisch kalt. Ich habe gefroren, und er hat gesagt, wegen seiner Thrombosen könne er keine Wärme gebrauchen, und fand das Barfußlaufen herrlich. So saß er dann ewig an seinem kleinen Telefontischchen neben der Treppe zum Keller und telefonierte oder machte anderen Kram. Er hatte ja nicht die alten Oma-Nachthemden aus seinem Museum an, sondern so richtig kurze, durchsichtige, mit Spitze. Ich weiß nicht, ob er mich damit verführen wollte, das kann ich nicht sagen. Jedenfalls bin ich nicht darauf angesprungen. Vielleicht war das auch der

Grund, warum wir bis zu seinem Weggang beim Sie geblieben sind. Obwohl wir ein sehr gutes, freundschaftliches Verhältnis zueinander hatten, haben wir uns all die Jahre mit Nachnamen angesprochen.

Kurz bevor er nach Schweden ging, lud er zum Abschied noch einmal seine alten Freunde ein, und an diesem Abend hat er dann mir und meiner Frau das Du angeboten. Wir sollten Charlotte oder Lottchen zu ihm sagen. Dann hat er mich umarmt und mir einen Kuss auf die Backe gegeben. Mir fiel es ein bisschen schwer, ihn so zu nennen, doch er hätte es, glaube ich, ganz gern gehabt.

Manchmal erinnerte mich Lothar in seiner Art an Don Quichotte im Kampf mit den Windmühlen. Wenn im Herbst die Stürme um das Gutshaus tobten und die vielen losen Ziegel vom Dach rissen, lagen die überall im Park verstreut. Noch während des Unwetters ging er hinaus und sammelte alle wieder ein, kletterte auf das Dach und legte jeden einzelnen an seinen Platz zurück. Jahr für Jahr stand er da oben und flickte sein Dach, ohne sich Gedanken darüber zu machen, wie gefährlich das eigentlich war. Ein merkwürdiges Bild, das ich nie vergessen werde, wie er dort oben mit wehenden Haaren im Wind stand.

Das Wichtigste in Lothars Leben waren das Sammeln und Bewahren von Gründerzeitmöbeln und sein Gutshaus. Er besaß schon ein überdurchschnittliches Wissen, was die Gründerzeit betraf, bei anderen Kunstepochen hielt es sich in Grenzen. Wir haben gegenseitig vieles voneinander lernen können. Gründerzeitmöbel waren ja in den Augen der Kunsthistoriker

Ein Leben in der Gründerzeit

nichts Besonderes, industriell gefertigte Gegenstände, mehr nicht. Erst jetzt fängt man an, die Gründerzeit als Stilepoche anzuerkennen. Zu der Zeit, als Lothar den größten Teil seiner Sammlung zusammentrug, zählten diese Sachen ja mehr oder weniger zum Sperrmüll. Jedenfalls wusste er über jedes seiner Möbelstücke, wem es einst gehörte, und kannte dessen Hersteller. Das war schon beeindruckend. Und zu allen wusste er eine ganz persönliche Geschichte. Ob immer alles der Wahrheit entsprach, was er sagte, kann ich nicht beurteilen, jedenfalls hat er seine Geschichten sehr glaubwürdig erzählt. Nur sein Putzfimmel war eine von ihm erfundene Masche. Er hat sich ja gern als Hausmädchen dargestellt, mit Staubwedel und Putztuch.

Bei den Restaurierungsarbeiten im Gutshaus hat Lothar nicht mitgemacht, dazu war er als Laie gar nicht in der Lage. Er sagte nur, wie er es haben will, wie es sein muss, und fragte mich, welche Holzart ich brauche. Die hatte er ja alle auf seinem Boden zu liegen. Das dauerte natürlich immer Stunden, aber irgendwann hat er was angebracht, und ich musste letztendlich daraus etwas machen. Bevor in den siebziger Jahren der alte Fischerkiez abgerissen wurde, baute Lothar dort aus den Wohnungen sämtliche Flügeltüren samt Futter, Bekleidung und den dazugehörigen Gesimsen aus, nahm die Stuckrosetten von den Decken und eben alles mit, was nicht niet- und nagelfest war. Das war sein großer Materialfundus, aus dem er, wie es mir schien, ohne Ende schöpfen konnte. Lothar fand auch immer irgendeinen Mahlsdorfer Nachbarn, der ihm sein Sammelsurium ins Gutshaus fuhr. Eigentlich kann das keiner mehr nachvollziehen, was wir damals für das Gründerzeitmuseum gemacht haben. Die Türen im Keller zum Beispiel, die setzte ich teilweise mit dickem Bohlenfutter ein, das wurde früher gleichzeitig als Träger genutzt. Dafür wurde ein Holzrahmen mit in das Mauerwerk eingearbeitet, und daran wurden dann mit groben Angeln die Türen angeschlagen. Wenn so eine alte Tür krumm und verbogen ist, die bekommt man ja nicht mehr gerade, dann muss eben das Futter danach gearbeitet werden. Wie bei der zweiflügligen Glastür im Kellerdurchgang. Das war ursprünglich eine Verandatür im ehemaligen Haus des Mahlsdorfer Bauern Haase. Lothar hatte sie schon Jahre da unten stehen. Die ist so was von krumm, dafür habe ich aus alten Fußbodenbrettern ein Futter gebaut, das sich diesen Krümmungen genau anpasst, und das ist das ganze Geheimnis, warum diese alten Türen so gut und leicht schließen. Das war wirklich oft nicht einfach. Aber für Lothar war ich wohl der richtige Mann. Weil ich ein geduldiger, ausgeglichener Mensch bin, mit einem Gemüt wie ein Schaukelpferd, der zuverlässig und gewissenhaft arbeitet. Und das hat gut gepasst zwischen uns. Er sagte mal zu mir: »Wir sind viel zu gut für diese Welt, Herr Landherr, wir beide passen nicht in die heutige Welt.«

Sein Schlagwort war aber, immer wenn jemand etwas wollte: »Kein Problem, Herr Landherr macht das schon.«

Detlef Landherr ist Möbelrestaurator

Annekatrin Bürger

Herr Berfelde, Sie müssen mir schon die Wahrheit sagen!

Mein Mann Rolf Römer und ich drehten gerade den Film »Hostess«. Der ist 1976 in die Kinos gekommen, also muss es zwischen 1974 und 1975 gewesen sein, als Lothar diesen Riesenärger wegen seines Museums hatte. Meine Freundin, eine Restauratorin, die das Gründerzeitmuseum gut kannte, erzählte mir eines Tages, dass der Ost-Berliner Magistrat Berfelde beschuldige, Tausende von DDR-Mark Steuerschulden zu haben. Aus heiterem Himmel haben sie ihm das vorgeworfen. Die wollten ihm unbedingt seine Sammlung wegnehmen und bereiteten Lothar in diesem Zusammenhang alle erdenklichen Schwierigkeiten. Das war ein ganz linkes Ding!

Ich habe mir daraufhin erst einmal die Sammlung angeschaut. Er klagte mir natürlich sofort seine ganze Leidensgeschichte, und nachdem ich mir das alles angehört hatte, sagte ich: »Herr Berfelde, ich kann Ihnen nur helfen, wenn Sie mir gegenüber ganz offen und ehrlich sind. Sie müssen mir schon die Wahrheit sagen. Ich muss genau wissen, ob Sie eventuell doch heimlich Kunstsachen verkauft haben. Sie müssen wirklich ganz ehrlich sein, sonst kann ich mich nicht für Sie einsetzen.« Lotharchen beteuerte mir hoch und heilig, dass er niemals etwas von seiner Sammlung illegal verkauft habe und das auch nie tun würde. Im Gegenteil, einmal hatte er wohl ganz seltene Zille-Bilder an einen Betrieb ausgeliehen, die er hinterher nie wiedersah. An den staatlichen Kunsthandel hatte Lothar jedoch offiziell einige Gründerzeitmöbel verkauft, um mit dem Geld das Gutshaus weiter sanieren zu können. Die damalige Antik GmbH trachtete aber danach, ihm alles wegzunehmen. Der Staat brauchte ja Devisen, und über das Delikt der Steuerhinterziehung wollten sie Berfelde kriegen.

Ich telefonierte dann mit Rechtsanwalt Professor Karl Kaul und sagte: »Ich muss Ihnen hier einen Fall schildern, in dem es um den Vorwurf der angeblichen Steuerhinterziehung gegen den Betreiber des Gründerzeitmuseums, Lothar Berfelde, geht. Diese Mafia von Magistrat wirft ihm doch tatsächlich vor, mehrere tausend Mark Steuerschulden zu haben.« Kaul bekam einen Lachanfall, als ich den Ost-Berliner Magistrat als Mafia bezeichnete, und meinte gleich: »Kein Problem, ich mache das, ich kläre die Sache natürlich.«

Genau zu diesem Zeitpunkt, 1975, fand in Ost-Berlin eine Kulturkonferenz zum Erbe-Thema statt. Von der Parteispitze war beschlossen worden, sich mehr um das kulturelle, sprich historische Erbe der DDR zu kümmern. Der damalige Minister für Kultur, Hoffmann, sagte im Vorfeld dieser Konferenz, er gestatte nicht mehr, dass historische Burgkeller zu Konsumkneipen verunstaltet würden; kein Zinnteller, keine alte Schrift solle in Zukunft ans Ausland verscherbelt werden. Da war also grünes Licht gegeben, dass endlich auf das wenige noch verbliebene kulturelle Erbe geachtet werden sollte. Die Konferenz, in der es ja gerade um die Bewahrung unserer Kulturgüter gehen sollte, brachte mich auf die Idee, beim persönlichen Sekretär von Hoffmann anzurufen und ihn um Unterstützung für den Erhalt des Gründerzeitmuseums zu bitten. Der hat mich damals aber ganz schön abblitzen lassen; er meinte, Lothar sei ein Schieber.

Daraufhin habe ich noch einmal ausführlich mit Berfelde gesprochen. Er erzählte mir dann unter anderem, dass auch sehr viele Ausländer nach Mahlsdorf kämen, die seine Sammlung ganz toll fänden. Schließlich würde es nur noch zwei oder drei Sammlungen auf der Welt geben, die das bürgerliche Leben der Jahrhundertwende in dieser besonderen Form zeigten. Außerdem hätten ihm die Polen bereits angeboten, die Sammlung zu übernehmen, als sie von seinen Schwierigkeiten hier hörten. Ich entsinne mich, dass er mir einen Brief übergab, den er an den Minister für Kultur geschrieben hatte – oder Freunde von ihm in seinem Namen, oder vielleicht war es auch jemand vom Rat der Stadt; ich weiß es nicht mehr genau, es ist wirklich lange her. Jedenfalls hatte er sich in gleicher Form außerdem noch an den Magistrat gewandt, mit der Bitte und dem Appell, dass diese Gründerjahre-Sammlung nicht auseinander gerissen und verkloppt werden dürfe. Worauf aber von beiden Stellen nie eine Reaktion erfolgt war. Diesen Brief ließ ich mir also geben und machte entsprechende Notizen zu dem Fall. Ich fand das gar nicht toll, dass internationale Gäste dieses Gründerzeitmuseum als eine Art Geheimtipp besuchten, die Polen ihm angeboten hatten, seine Sammlung zu überführen, aber die Kulturverantwortlichen im eigenen Lande keinerlei Interesse zeigten, diese einmalige Sehenswürdigkeit für Ost-Berlin zu erhalten.

Und nun ging diese Ministerratstagung zum Erbe-Thema los, an der ich als Mitglied des Kulturbundes auch teilnahm. Ich weiß noch, vor mir saß der damalige Direktor des Märkischen Museums. Lothar arbeitete aber schon lange nicht mehr dort. Irgendwann wurde nämlich sein Vertrag nicht mehr verlängert, weil er im Sommer immer in kurzen Hosen im Museum erschienen war und das auch nicht ablegen wollte. Das verstehe ich nun wirklich. Das ging natürlich nicht. Was ist das für ein Anblick: Ein Museumsangestellter, der in kurzen Hosen vor den Besuchern steht und ihnen die Musikmaschinen vorführt!

Ja, da saß ich also auf dieser Konferenz, mit Lothars unbeantwortetem Brief an den Kulturminister, meinen Notizen und einer provisorischen Rede, in der ich ausführte, dass sich viele internationale Gäste, vor allem aus Russland, lobend in das Gästebuch des Gutshauses eingetragen hatten, weil sie das Museum so interessant fanden. Ich habe auch das Angebot aus Polen erwähnt und dass ich es nicht verstehen kann, dass die DDR jetzt neue Erbegesetze beschließt und in diesem Zusammenhang nicht auch die beachtliche kulturelle Leistung Lothar Berfeldes für die Stadt Berlin unterstützt, sondern im Gegenteil ihm das Museum wegnehmen und schließen will. So ungefähr hatte ich mir das aufgeschrieben, und dann habe ich erst mal abgewartet, was während der Konferenz alles passiert. Der Hoffmann hielt eine sehr produktive Rede – er war ja einer der wenigen DDR-Politiker, die frei sprechen konnten. Ich saß ziemlich weit entfernt von der Rednertribüne und hatte vorsichtshalber eine etwas stärkere Beruhigungspille geschluckt. Klar, die Leute denken, die ist Schauspielerin und kann sich immer schön verstellen. Das hat aber nun wirklich nichts mit dem Beruf zu tun, vor solch einem Gremium mit solch einer Sache aufzutreten. Irgendwann bin ich aber doch auf das Podium gestiegen und habe meine Rede gehalten und gesagt: »Es kann nicht angehen, dass wir über eine Bewahrung unseres nationalen Erbes beschließen, und gleichzeitig wird ein wichtiges Stück Kulturgut kaputt gemacht, nur weil es von einer Privatperson aufgebaut wurde.« Anschließend habe ich diesen an Hoffmann adressierten Brief vorgelesen. Von dem Augenblick an konnte Lothar seine Sammlung weiterführen. Er durfte nur keine offiziellen Eintrittsgelder nehmen, aber das hatte er ja, soweit ich weiß, vorher auch nicht getan.

Eines Tages kam Lothar zu uns nach Hause und jammerte: »Ach, Herr Römer, ich muss ein Kapitellchen retten.« Mein Mann fragte ihn entgeistert: »Ja, um Gottes willen, wo denn?« Lothar erzählte, er hätte es in einem kleinen Schloss irgendwo kurz hinter Berlin entdeckt, in dem zeitweise auch eine russische Garnison untergebracht war. Charlottchen kam also hier an, in Pelzmantel und kleinen Hackenschuhen. Den taillierten Pelzmantel aus Kaninchenfell hatte ich mal meiner Mutter gekauft, und als er ihr zu eng wurde, haben wir ihn Lothar geschenkt. Er liebte ja alles, was tailliert war. Ich bekam von ihm dafür eine weiße Bluse mit schönen Stickereien aus den achtziger Jahren des 19. Jahrhunderts. Es machte immer großen Spaß, in seinem Kleiderschrank zu stöbern und Klamotten mit ihm zu tauschen. Jedenfalls stand er an diesem Tag hier bei uns im Wohnzimmer in Pelzmantel, Hackenschuhen und dazu Söckchen an, mit seinem Handtäschchen über der Armbeuge, und da guckte ein Fuchsschwanz raus. »Herr Römer, ich muss ein Kapitellchen absägen«, barmte Lotharchen, weil er ja kein Auto hatte und ständig jemanden suchte, der ihn fuhr. Rolf fragte, bevor er sich geschlagen gab, nur noch: »Herr Berfelde, bei aller Liebe, aber glauben Sie, dass dies der richtige Arbeitsaufzug ist?« Lothar verstand seine Frage beim besten Willen nicht. Er fand das, was er trug, vollkommen in Ordnung. Mein Mann ist dann, so lieb, wie er war, mit ihm zu diesem Schloss gefahren, und Lotharchen hat dort besagtes Kapitellchen abgesägt und gerettet. Das, wie man sich denken kann, natürlich hervorragend in seine Sammlung passte.

Ich glaube, wenn ich mich damals durch mein öffentliches Auftreten nicht für ihn eingesetzt hätte, würde sein Gründerzeitmuseum schon lange nicht mehr existieren. Auch das Scheinverfahren gegen Lothar – wegen seiner angeblichen Steuerhinterziehung – wurde dann durch meine Vermittlung von Professor Kaul niedergeschlagen. Der brauchte nur beim Magistrat anrufen, und das Problem war sofort erledigt.

Nachdem die Sache ausgestanden war, haben wir uns eher selten gesehen, dafür rief mich Lothar immer wieder mal an. Bei der Feier zum vierzigjährigen Bestehen des Gründerzeitmuseums war ich aber dabei. Kurz vor seinem Tode lud er mich auch zur Einweihung seines Gelben Salons nach Altranft ein. Doch insgesamt betrachtet, war unser Kontakt eigentlich nicht sehr eng.

Ich bin immer davon ausgegangen, man sollte in seinem Leben öfter eigene Courage zeigen und versuchen, damit etwas positiv zu verändern. Und ich denke auch, wenn man so ein doch relativ wichtiges Kulturgut wie das Gründerzeitmuseum durch persönlichen Einsatz vor der Auslöschung bewahren kann, dann ist das schon was.

Annekatrin Bürger ist Schauspielerin

Bernd Müller

Er steckte eben im verkehrten Körper, dafür konnte er doch nichts

Ich lernte Charlotte ungefähr 1980 kennen, als wir in unser Haus zogen. Davor wohnte da eine alte Dame drin, die hatte alles Mögliche gesammelt und aufgehoben. Wir brauchten aber den Platz, und mir war es zu schade, das Zeug auf den Müll zu schmeißen. Bin ich also zu Charlotte gegangen, früher hieß sie noch Berfelde, und er hat den Kram dankbar angenommen. Nachher kannten wir uns ja näher und haben uns geduzt. Ich fragte ihn: »Wie soll ick zu dir sagen?« »Na, Lottchen«, hat er gemeint. »In Ordnung«, habe ich erwidert, »Lottchen.« Wie gesagt, ich brachte ihm vieles ins Gutshaus, alte Küchengeräte, alte Bänke, eine Saftmaschine. Das Zeug hat er auch alles in seiner Küche ausgestellt. Einmal sagte ich ihm: »Weeßte Lotte, mit deinem Herd – det stimmt nicht, der ist am falschen Schornstein angeschlossen«, und habe ihm darauf erklärt, wie das früher gebaut wurde.

Ich war ja DDR, »Der doofe Rest«, weil meine ganze Verwandtschaft im Westen lebte. Damit meine Kinder und Enkelkinder mal erfuhren, wie die aussehen, organisierte ich 1984 ein »Müller«-Treffen und fragte Lottchen, ob ich das in ihrer Mulackritze machen kann. Und weil man seinen Gästen was bieten muss, haben wir allerhand mitgenommen: Salat, Würstchen, Kaffee,

Tee, Bier; und dann haben wir uns in ihrer Mulackritze gemütliche Stunden gemacht. Lottchen war da ganz in seinem Element und die Besucher natürlich auch. Die haben Mund und Nase aufgesperrt, was der zu erzählen wusste. Ganz gediegen, ganz sachlich, ganz dezent, ganz freundlich – ich habe niemals erlebt, dass Lottchen in Brast war.

Vorher hatte ich mit ihm ausgemacht: Als Dankeschön repariere ich ihm seinen alten Heizungsschornstein. Da hatte ich ganz schön viel zu tun, ist ja auch egal, jedenfalls am dritten Tag war ich fertig. Ich stellte gerade mein Werkzeug in die Dachluke, um wieder runterzuklettern, als ich sah, wie unten ein Wartburg auf den Hof fuhr, vier Frauen da rausspritzten und klingelten. Ich dachte noch: Na, die kommen doch gleich wieder, weil ja keine offizielle Besuchszeit war. In der Zwischenzeit hatte ich mein Zeug in den Flur gebracht und bemerkte, dass Lothar die Eingangstür von innen zugeriegelt hatte, weil er mit diesen Frauen eine Führung machte. Darum rief ich: »Lottchen, ick bin fertig, schließt de hinter mir zu?!« Und er darauf: »Ach, hast du noch ein bisschen Zeit, willst du bei der Führung mitmachen?« Sagte ich: »Gut, mache ick mit.« Lottchen sah wieder aus! Mit leuchtenden Augen, Kittelschürze und Pantoffeln. Er hätte eigentlich anhaben können, was er wollte, seine Ausstrahlung hat es gemacht. Ich war ja an dem Tag schließlich auch in Maurerklamotten. Jedenfalls wurde er plötzlich zum Telefon gerufen. Mir war das mit der Zeit zu langweilig, darum habe ich für ihn weitererzählt, und als wir dann im großen Gartensaal standen, ging wieder das Telefon. Habe ich die Führung wieder weitergemacht. Schließlich sind wir runter in die Mulackritze, da hat schon wieder das Telefon geklingelt, ich also wieder weitererzählt. Und zum Schluss haben sie sich bei mir für die Führung bedankt und nicht bei ihm.

Ich kannte auch vieles, was die Besucher gar nicht zu sehen bekamen, auf seinem Boden und so. Zum Beispiel auch die Unterlagen von seinem Onkel, der damals den ersten Mercedes mitkonstruierte. Irgendwann hat Lottchen diese Sachen ja an die Mercedeswerke zurückgegeben, und die fragten ihn seinerzeit: »Herr Berfelde, was kriegen Sie dafür?« »Ach, nichts«, meinte er, »das habe ich von meinem Onkel geschenkt bekommen, darum bekommen Sie es auch von mir geschenkt.« Nun können die Westler sowieso nicht verstehen, wenn sie was geschenkt bekommen, und haben ihm deshalb ein Auto dafür gegeben.

Die vom Staatlichen Kunsthandel wollten ihm ja Anfang der siebziger Jahre seine Sachen abkaufen und haben ihm das, wie er mir erzählte, immer wieder schmackhaft gemacht. Das lief ungefähr so ab: »Herr Berfelde, Sie können sich dafür einen Farbfernseher kaufen.« »Ach wissen Sie, ich schaue mir meine bunten Grammophontrichter an, das reicht mir.« »Herr Berfelde, Sie können dann auch schöne Reisen machen.« Und er wieder: »Ach wissen Sie, für zwanzig Pfennige fahre ich mit dem Bus in die Müggelberge, dort ist es wunderschön, und das reicht mir.« Also, sie sind nicht an ihn rangekommen. Lottchen hat dann 1974, aus Angst, dass man ihm wegen angeblicher Steuerhinterziehung alles wegnimmt, zwei Drittel seiner Sammlung verschenkt. Aber irgendwie war er enttäuscht, dass ihm nach der Wende keiner was davon wiederbrachte. Als ich damals das erste Mal bei ihm war, besaß er 365 Uhren. Die hingen fast alle im Flur, und das tickte da wie verrückt.

Natürlich habe ich ihm seine Heizung immer umsonst sauber gemacht, aus Freundschaft. Das war eine ganz alte Krücke, aber eine neue konnte er sich ja nicht leisten. Dann hatte er auch mächtigen Ärger mit dem Holzwurm in seinem Dachstuhl. »Lottchen«, sagte ich, »da brauchst de kein Problem haben. Du hast Kiefernholz im Dach, und Kiefer hat einen Kern und einen Splint. Und der Hausbock geht niemals in den Kern, nur in den Splint.« Ich meinte zu ihm: »Kiek nach Süden oder Westen, da legt det Weibchen die Eier rin. Norden is zu kalt, da haben die nüscht mit im Sinn.« So haben wir uns immer gegenseitig Tipps gegeben.

Er hat mir dafür bei meiner Parisfahrt geholfen. Ich wollte 1989 nach Paris fahren, um am Grabmal des Unbekannten Soldaten Blumen niederzulegen, mein Vater ist ja im letzten Weltkrieg gefallen, mein Großvater 1914 und mein Urgroßvater 1871. Und ich wollte nicht nur ein Lippenbekenntnis ablegen, denn bei uns hieß es ja und heißt es wohl noch immer: Berlin – Stadt des Friedens. So wollte ich aus der Stadt des Friedens, von der im letzten Jahrhundert zwei fürchterliche Weltkriege ausgegangen sind, ein Zeichen setzen. Und ich wollte mich auch bei den Franzosen bedanken, für das, was sie uns Berlinern gegeben haben. Wir Berliner waren ja doof, wir kannten ja nur Kohl und Rüben. Nachdem der Olle Fritz die Hugenotten aufgenommen hatte, haben die uns erst mal eine Menge beigebracht – Kultur, Mode, Literatur und so. Darum hatte ich auch einen Vortrag ausgearbeitet, »Hugenotten in Berlin«, und den habe ich mir von Lottchens Schwester übersetzen lassen, die kann nämlich Französisch. Dass ich dahin wollte, hatte ja noch mehr Gründe: Ich wollte den hundertjährigen Eiffelturm vom Beet donnern, ich wollte an die Französische Revolution 1789 erinnern, ich wollte versuchen, in Paris Schornsteine zu fegen, und ich wollte für mein Ofenmuseum Tauschpartner finden. Bei meinem Vorhaben hatte ich aber zwei ganz große Gegner, einmal den Staat, und der andere war meine Frau. Sie sagte: »Wenn du fährst, sind wir geschiedene Leute.« Habe ich erwidert: »Wiedersehen, Schätzchen.« Hat sie ein Gonzo gehabt. Sie hatte keine Bedenken wegen fremder Frauen, aber Angst um einen unsportlichen Alten wie mich. Damals habe ich aber von meiner Mutter ein nagelneues Rad geschenkt bekommen. Und meine Frau hatte nun Bedenken, dass ihr Alter zwischen Berlin und Paris irgendwo mit Krämpfen daniederliegt und mich keiner versteht. Ich meine, ich spreche vier Sprachen: Deutsch, dämlich, durch de Neese und über andere Leute, aber dann ist auch Feierabend. Jedenfalls alle Briefe, die ich in diesem Zusammenhang nach Paris schickte, hat mir Lothars Schwester in Französisch geschrieben, und so bekam ich dann meine offizielle Einladung. Für mich wurde es eine wunderbare Reise, auf dem Fahrrad, frei wie ein Vogel, mit meinem Handwerkzeug, Leiter, Kugel und Besen, eine Unterhose an, eine im Gepäck, ein Unterhemd an, eins im Gepäck, Socken trage ich ja seit fünfzig Jahren nicht mehr, und sonst brauche ich nur einen Pullover, wenn es mal kalt ist.

Ich hatte Lottchen mal gebeten, dass er mir ein paar Ratschläge für mein Ofenmuseum gibt. Ich bin zwar Schornsteinfeger von Beruf, habe aber von vielen Öfen keine Ahnung, weil wir das damals nicht gelehrt bekamen. Er hat mir die Hinweise auch gegeben und gesagt: »Wenn du etwas geschenkt bekommst, verkauf das nicht. Wieder weitergeben, unentgeltlich, ja, aber mach kein Geschäft damit.« Er meinte: »Die Leute schenken dir det, damit du die Sachen ausstellst, und wenn du Geschäfte damit machst, dann sind sie dir böse.« Ich besitze über fünfhundert Feuerstätten und habe keine einzige davon verkauft. Sammler sind ja alle bekloppt, die haben eben alle einen Schuss in der Birne. Was sie haben, da setzen sie sich drauf. Von seiner Mutter habe ich noch eine Badewanne, die steht auch in meinem Museum in Knappenrode. Lottchen sagte damals: »Pass mal auf, Bernd, das ist Jugendstil, die nimmst de mit, so wat bekommst du nie wieder.«

Ich habe ihn oft in seinem Museum besucht, und er kam auch oft zu mir nach Hause. Lottchen war ja gern in Gesellschaft. Wir hatten ausgemacht, dass er mein Museum auch mal besucht, aber da kam dann sein Ableben dazwischen.

Na, und wie Lottchen früher immer geackert hat! Nachts arbeitete er für ein Almosen in Mahlsdorf in der Schweinemästerei als Nachtwächter, um tagsüber an seinem Haus zu rackern. Wo er doch nur so ein halbes Hemd war!

Zuerst war ich ein bisschen skeptisch, sage ich ganz

ehrlich. Schwul, das war für mich berüchtigt, noch von Adolf her, das waren die im KZ mit dem Rosa Winkel. Das war nicht so meine Kragenweite, aber nachdem mir Lothar das ganz sachlich erklärt hatte, hatte ich Verständnis. Er stand ja auch dafür ein und wäre nie einem anderen an die Wäsche gegangen, der es nicht gewollt hätte. Er steckte eben im verkehrten Körper, dafür konnte er doch nichts.

Bernd Müller ist Schornsteinfegermeister

Peter Stein

Wir wollten doch nur den Ofen abholen

Lothar, so habe ich ihn genannt, oder höchstens Lotharchen, lernte ich im Mai 1970 kennen. Wenn ich morgens von der Arbeit kam, steckte schon immer die Berliner Zeitung bei mir im Briefkasten, und eines Tages las ich darin von einem Plüschmuseum in Mahlsdorf. Aus reiner Neugierde bin ich dann hingefahren, und es kam mir vor, als wäre ich in eine andere Zeit versetzt worden. Man betrat eine vollkommen fremde Welt. Als ich das Museum das erste Mal sah, stand im Obergeschoss noch ein Buffet neben dem anderen, und der große Saal gegenüber der Eingangstür war auch voller Buffets. Das ganze Haus stand voll mit Möbeln, bis unters Dach. Rechts und links an den Korridorwänden hingen dicht an dicht seine Regulatoren. Ich war regelrecht erschlagen, ja begeistert von dieser sagenhaften Sammlung. Zu der Zeit gab es noch kein elektrisches Licht in seinem Haus. Wenn es dunkel wurde, hat Lothar die Besucher mit einem Kerzenleuchter durch das Museum geführt. Direkte Umbauten am Gutshaus hat er damals nicht machen lassen, nur Reparaturarbeiten. Davon waren die Tischlerarbeiten am umfangreichsten. Die hat alle Herr L. ausgeführt. Ein echter Fachmann, der phantastische Arbeit geleistet hat und sogar noch aus

Lothars gesammeltem Abrissmüll funktionstüchtige Sachen zaubern konnte.

Ich bin jedes Mal gern dorthin gekommen. Damit fing dann auch unsere Freundschaft an, und sie hielt bis zu seinem Tode. Zu der Zeit arbeitete ich noch als Taxifahrer, und Lothar fragte mich, nachdem wir uns etwas näher kannten, ob ich ihn auch fahren würde. »Natürlich«, sagte ich, »jederzeit, du brauchst mich nur anzurufen.«

Der Alfred Kirchner, Charlottes früherer Sammlerfreund, war auch so ein Unikum. Ein sehr netter Homosexueller, aber ein kleines Dreckschwein. Ich muss das mal so sagen. Wirklich, der war so dreckig, dreckiger kann man es sich schon nicht mehr vorstellen. Herrn Kirchner – damals war er noch Herr Kirchner für mich – habe ich durch Lothar kennen gelernt, und ich war entsetzt, wie asozial der lebte. In seiner Wohnung befanden sich unzählige Schallplatten, kostbare Spielautomaten und Regulatoren, aber sie waren alle in dem Zustand, in dem er sie vom Müll oder aus den Kellern der Leute geholt hatte, und so sah es überall bei ihm aus. Wenn Alfred sich sexuell stimulieren wollte, legte er sich das ganze Bett voller Stiefel und schlief darauf. Er war, wie gesagt, ein Unikum. Alfred erzählte uns mal von einem befreundeten Ehepaar und meinte zum Schluss: »Da gehe ich nie wieder hin, die Monika steckt mich immer gleich in die Wanne.« Mein Gott, er hat ja aber auch gestunken!

So dreckig er auch war, der Alfred Kirchner war ein ganz liebenswerter Mensch. Ich erinnere mich, wie er eines Sonntagnachmittags in Mahlsdorf auftauchte. Er wollte eigentlich nur Lothar und Frau Ilse Schartner, die ihm damals bei den Führungen half, besuchen. Frau Schartner kam angeblich vom Theater. Lothar behauptete immer, es wäre seine Cousine und sie sei Sängerin, ob das stimmte, weiß ich nicht. Im Grunde ist das ja auch vollkommen egal. Lothar besaß zu der Zeit noch sehr viele manuelle und pneumatische Klaviere in seiner Sammlung, und Alfred, der einmal Berufsmusiker gewesen war, konnte so wunderbar Klavier spielen. Jedenfalls bat Frau Schartner ihn an diesem Nachmittag: Alfred, spiele doch mal dieses Lied und jenes und noch eins – und Alfred hat sie alle perfekt aus dem Kopf gespielt. Mit Händen, die so aussahen wie die oberen Klaviertasten, rabenschwarz.

Bis Ende der sechziger Jahre kamen regelmäßig Amerikaner, meist Offiziere, zu Alfred, um Standuhren, Regulatoren und anderes Kleinzeug bei ihm zu kaufen. Von dem Geld schaffte er sich wiederum Stücke für seine eigene Sammlung an. Das konnte auf Dauer natürlich nicht gut gehen. Die vom DDR-Zoll haben ihn eine Weile beobachtet, und Alfred musste dann wegen Devisenvergehens für etliche Jahre ins Gefängnis. Die Geschichte, dass Lothar den Alfred Kirchner an den Zoll oder die Stasi verraten haben soll, die glaube ich nicht. Ich kann mir nicht vorstellen, dass Lothar so etwas gemacht hätte.

Ein Problem waren Lothars Zeitangaben – darin war er ausgesprochen unzuverlässig. Wenn ich mich zum Beispiel für 18 Uhr mit ihm verabredet hatte, um ihn abzuholen, dann lag er entweder mit angeblicher Migräne noch im Bett, oder er musste dringende Telefonate führen oder unbedingt schnell noch mal in ein Buch gucken.

Ich werde nie vergessen, wie er mich anrief und sagte: »Weißt du, Peterchen, ich könnte da einen wunderschönen gusseisernen Ofen im neogotischen Stil kaufen.« Und ob ich ihm diesen Ofen transportieren würde, natürlich in zusammengelegter Form. Das war wirklich ein Riesenteil, dieses Ding. Wir verabredeten uns also zum 7. Oktober 1981, um 18 Uhr, aber ich musste mindestens noch anderthalb Stunden auf ihn warten, bis wir endlich los konnten. Die Fahrt hatte Lothar regulär in meiner Betriebszentrale angefordert, was ihn bei der weiten Strecke richtig viel Geld kostete. Wir beide fuhren also am ehemaligen Nationalfeiertag der DDR nach Schwanebeck bei Halberstadt. Das Datum hatten wir ganz bewusst gewählt, weil man an diesem Tag mit einer relativ leeren Autobahn rechnen konnte. So kamen wir schließlich gegen 23 Uhr dort an. Dieses Schwanebeck ist ja ein ganz kleiner Ort, in dem zu damaliger Zeit kaum ein Straßenschild existierte. Zum Glück sahen wir zwei ältere Herrschaften auf der Straße und hielten an, um uns bei ihnen nach dem Weg zu erkundigen. Die fragten auch gleich, wen wir denn suchen. Darauf wir: Na, die Familie sowieso. »Das sind wir«, erwiderten die beiden und meinten erschrocken: »Was wollen Sie denn jetzt, um diese Zeit, noch von uns, es ist doch schon Nacht?« Darauf erklärte Lotharchen in seiner betulichen Art: »Ja, wir wollen doch nur den Ofen abholen.« »Der Ofen ist aber noch gar nicht auseinander genommen«, antwortete das Ehepaar. »Das macht doch nichts«, meinte Lothar unbekümmert. Das war er, typisch, wie Nachtmenschen so sind. Jedenfalls haben sie uns mit nach Hause genommen, und wir bekamen sogar ein Abendbrot bei ihnen. Lothar band sich dann sein Schürzchen um, und während er, mitten in der Nacht, einen Schamottestein nach dem anderen aus dem Ofen entfernte, erzählte er den beiden Leutchen, wann dieser gebaut wurde und von welchem guten alten Meister er stammte. Zum Ofen gehörte auch eine Aufsatzkugel. Die passte aber auf keine der dafür vorgesehenen Stellen exakt rauf, auch das Muster stimmte überhaupt nicht mit dem des Ofens überein. Lothar meinte, es wäre eine Bekrönungskugel, die von einem anderen alten Ofen stammen müsste. Allerdings fand er das unten an der Kugel herausragende Gewinde nicht typisch für die Gründerzeit, und außerdem wunderte ihn ein seitlich in das Gewinde gebohrtes Loch. Wir nahmen die Kugel aber trotzdem mit.

Der Ofen war wirklich riesig und sehr schwer. Ich fuhr damals eine Wolga-Taxe und hatte für den Transport extra die hinteren Sitze herausgenommen. Das Heck hing jedenfalls enorm durch. Ehrlich gesagt, mir war nicht ganz wohl, als ich das bemerkte. Es war mindestens schon halb drei Uhr morgens, als wir dann schließlich in Halberstadt losfuhren. Während der Rückfahrt kamen wir an einer Raststätte vorbei, an der eine Polizeikontrolle stand. Ich war heilfroh, dass sie uns nicht angehalten haben. Eine Taxe, aus deren Kofferraumklappe ein alter, übergewichtiger Eisenofen hängt, ist schließlich kein alltägliches Bild auf der Autobahn. Jedes Mal, wenn ich um eine Kurve fuhr, klapperte es hinten im Fond. Ich fragte Lotharchen, was das sei. Er sagte, das sei die Ofenkugel, die er in den Kofferraum gelegt habe. Wir kamen nach über fünfhundert Kilometern Fahrt am nächsten Morgen bei Sonnenschein wieder in Mahlsdorf an, und nachdem wir den Ofen ausgeladen hatten, betrachteten wir uns diese Ofenkugel etwas genauer. Das könnte auch eine Eierhandgranate sein, meinte ich, und er solle lieber nicht daran schrauben, sondern den Munitionsdienst anrufen. Lothar benachrichtigte aber erst nachmittags, als er ausgeschlafen hatte, die Polizei. Die schickten auch sofort zwei junge Polizisten, doch hatten die noch nie eine Eierhandgranate gesehen. Nachdem sie das Ding schon in der Hand und eingehend untersucht hatten, alarmierten sie schließlich das Sprengkommando. Die Leute vom Sprengkommando kamen mit einem Spezialfahrzeug, identifizierten die angebliche Ofenkugel als Eierhandgranate aus dem Ersten Weltkrieg und nahmen sie zur Sprengung mit.

Hinterher ging mir so durch den Kopf: Wäre uns unterwegs mit dieser Ladung ein Unfall passiert, und das am Tag der Republik, die hätten doch gedacht, wir wollten einen Anschlag auf Land und Regierung verüben. Das muss man sich mal vorstellen! Ich sagte zu Lothar nur: »Das hätte unser beider Himmelfahrt sein können, und deine so genannte ›Ofenkugel‹ hätte uns in den Himmel geschossen.« Lothar rief darauf noch einmal die Leute an, von denen der Ofen stammte, und berichtete die ganze Geschichte. Die alte Dame erzählte ihm, dass die Kugel schon über sechzig Jahre bei ihnen in der guten Stube auf dem Ofen gelegen habe, weil sie annahmen, das Ding gehöre dazu, und der Ofen sei auch immer geheizt worden. Manchmal habe sie aber selbst schon daran gedacht, dass es sich um eine Handgranate handeln könnte. Trotzdem, meinte sie, sei ja all die Jahre nichts passiert. Jedenfalls stand dann dieser prächtige Ofen als Museumsstück in Lothars Neogotischem Esszimmer. Er war schon ein Filou, wenn es um seine Sammlung ging.

Ich weiß noch, wie wir zu jemandem gefahren sind, bei dem er eine alte noch original verpackte Schachtel mit Grammophonnadeln kaufte. Als Lothar den Mann fragte, was er dafür haben wolle, erwiderte der: »Ich habe keine Ahnung, was die Nadeln wert sind. Geben Sie mir so viel, wie Sie denken.« Lothar sagte: »Ich gebe Ihnen achtzig Mark dafür.« Da ist mir die Kinnlade runtergefallen. Wollte er unbedingt etwas für seine Sammlung haben, hat er Preise bezahlt, die waren utopisch, auch wenn es sich noch um DDR-Mark handelte. Zur damaligen Zeit war das sehr viel Geld. Eigentlich lagen solche Nadeln ja schon kistenweise bei ihm im Museum. Trotzdem hat er sie gekauft, aber dafür eben bescheiden gelebt.

Lotharchen war so was von vertrauensselig. Andererseits konnte er in manchen Dingen glashart sein. Wenn man nur mal aufmerksam seine Lippen betrachtete – sichelschmal. Er hatte keine Lebenslippen, und wer ihm genau auf den Mund schaute, wusste, dass er sich auch durchsetzen konnte. Aber welcher Mensch ist schon vollkommen!

Lothar kam meine Frau und mich des öfteren zu Hause besuchen. Hunger hat er immer gehabt, und er konnte gut essen, aber man gab es ihm ja auch gern. Alkohol hat er jedoch nie getrunken, dafür zu meiner Frau gemeint: »Bei einem Gläschen Milch sag ich nicht nein.« Hin und wieder haben wir gemeinsam Ausflüge gemacht. Das mochte Lothar sehr. Einmal wünschte er sich, dass wir nach Oranienburg fahren. Lothar wollte sich unbedingt das ehemalige KZ Sachsenhausen ansehen. Wir haben uns schließlich an einem Sommertag mit ihm verabredet, und er besichtigte dann mit meiner Frau die Gedenkstätte. Ich bin in der Zeit draußen geblieben. Ich kann das nicht ertragen, es tut mir einfach alles zu sehr leid und weh, was dort geschehen ist.

Als wir auf dem Weg nach Sachsenhausen durch Oranienburg fuhren, entdeckte Lothar ein Kaufhaus, in das er anschließend auch noch wollte, weil er Strümpfe brauchte. Er hatte an dem Tag seine kurze Lederhose an, trug Damensandalen und natürlich sein obligatorisches Täschchen. Meine Frau ist also mit ihm in das Kaufhaus gegangen, während ich im Auto wartete. Die Strumpfabteilung befand sich zwar im Erdgeschoss, Lothar winkte meine Frau aber gleich in den ersten Stock, in die Damenabteilung. Dort stand eine Verkäuferin; als die Lothar sah, hat sie sofort die Flucht ergriffen und lugte dann skeptisch hinter einem Vorhang hervor. Meine Frau machte ihr schnell Zeichen mit dem Kopf, da wusste sie gleich Bescheid und ist lachend wieder zurückgekommen. Lothar bekam das alles gar nicht mit. Der schaute sich ganz versunken die Büstenhalter an, und nachdem er sich satt gesehen hatte, kaufte er sich noch ein Paar Damenstrümpfe. In der

Gedenkstätte hatte er sich auch mehrere Bücher gekauft, die ihn sehr beeindruckten. Auf der Rückfahrt wollte er mir immer wieder Fotos daraus zeigen, obwohl ich ihn ständig mahnte: »Lotharchen, ich kann nicht, ich muss auf den Verkehr achten.«

Einmal, in einer Winternacht, wollte ich ihn mit meiner Taxe besuchen, um eine kleine Pause zu machen. Ich bin ja all die Jahre als Taxifahrer nur nachts gefahren. Und Lothar hatte mir gesagt: »Wenn du bei mir vorbeikommst und du siehst im Korridor Licht brennen, kannst du immer klingeln, und wenn es nachts um drei ist.« Damals besaß er noch eine Klingel mit Klingelzug, und wenn man daran zog, schallten die Glocken in der Eingangsdiele durch das ganze Haus. Ein eigenwilliger Klang war das. Jedenfalls bin ich in dieser Nacht, es muss so gegen halb zwei gewesen sein, zu ihm und dachte, vielleicht macht er mir einen Kaffee oder ein Glas Tee. Ich fuhr also mit meiner Taxe durch die stockdunkle Hofeinfahrt und bin gleich im hohen Schnee stecken geblieben und nicht mehr vor noch zurück gekommen. Weil bei Lothar Licht brannte, habe ich sofort geklingelt, aber er machte nicht auf. Damals hatten wir noch keinen Funk in unseren Taxen, mir blieb also nichts anderes übrig, als mitten in der Nacht und bei dieser Kälte etliche hundert Meter den Hultschiner Damm hochzulaufen, bis ich endlich eine funktionierende Telefonzelle fand. Zuerst rief ich bei Lothar an, doch der meldete sich merkwürdigerweise nicht. Danach habe ich in der Taxizentrale angerufen, und die schickten mir ein Schleppfahrzeug, das mich aus dem Schneehaufen zog. Später habe ich dann erfahren, dass Lothar zu der Zeit mit einem schlimmen Blinddarmdurchbruch im Krankenhaus lag.

Ich besitze seit etlichen Jahren eine Lenzkirch-Uhr, und Lothar hatte auch eine. Die gehörte zum Herrenzimmer seines Onkels, doch fehlte bei seiner Uhr das Originalteil des Schlagwerks. Immer wieder erzählte er mir die Geschichte und barmte so lange, bis ich bei meiner Lenzkirch-Uhr dieses Teil herausnahm und ihm gab. Für meine Uhr bekam ich dann von Lothar ein Schlagwerkteil der Firma Gustav Becker. Ich habe es gern getan, und er war sehr glücklich darüber. Vom Onkel hat mir Lothar oft vorgeschwärmt. Daher verstand ich auch, dass ihm an dem Teil wirklich sehr viel lag, denn mit dem Klang dieser Uhr ist er schließlich aufgewachsen.

Eines Tages stand dann das Thema Schweden an. Meine Frau und ich haben vor seiner Abreise oft mit ihm darüber gesprochen und ihm immer wieder gesagt, er solle sich diesen Schritt sehr genau überlegen. Schließlich gebe er nicht nur Mahlsdorf, seine Heimat, auf, sondern ließe damit auch sein Lebenswerk im Stich. Wir befürchteten von Anfang an, dass es nicht gut gehen würde, und waren erschüttert über seine unumstößliche Entscheidung auszuwandern. Alles hinter sich zu lassen, als hätte es ihm nie etwas bedeutet. Ich denke, Lothar hatte in Schweden unheimliches Heimweh – so, wie er seine Karten an uns formulierte. Er hat es nicht direkt geschrieben, aber irgendwie schwang es zwischen den Zeilen mit.

Ostern 2002 lud Lothar meine Frau und mich telefonisch nach Altranft ein und erzählte uns noch ganz stolz, dass er dort im Schlossmuseum den Gelben Salon seiner Tante Luise einweihe. Wir mussten ihm leider absagen, wären aber nie auf den Gedanken gekommen, dass dies unser letztes Gespräch sein könnte und er Ende des Monats schon nicht mehr leben würde. Erst einen Tag nach Lothars Beerdigung, am 11. Mai, wurde dann offiziell bekannt gegeben, dass er verstorben war. Zufällig schaltete ich an diesem Nachmittag den Fernseher ein und las die Nachricht im Videotext. Zuerst glaubte ich es einfach nicht, aber plötzlich überkam es mich, und ich musste furchtbar weinen.

Man hat so viel mit ihm erlebt, und im Nachhinein vergisst man auch so vieles.

Peter Stein ist Taxifahrer

Horst Riesebeck

Charlotte lebte in drei verschiedenen Welten

Ich bin 1965 mit meiner Frau in dieses alte Mahlsdorfer Haus gezogen. Die damalige Besitzerin war eine gut situierte Frau, die drei Wohnungseinrichtungen mit Gründerzeitmöbeln vom Feinsten besaß. Als sie 1975 starb, haben wir das Haus übernommen. Ihre Erben wohnten in West-Berlin und wussten natürlich nicht, was diese Möbel wert sind. So nahmen wir wegen des Mobiliars das erste Mal Kontakt mit Lothar auf und luden ihn zu uns nach Hause ein. Sie kam, wie es üblich für sie war, erst gegen 22 Uhr, mit ihrem Täschchen in der Hand und flötete: »Ach, wo darf ich das denn hier mal hinlegen?« Bis nachts um eins haben wir sämtliche Räumlichkeiten, vom Boden bis zum Keller, durchgesehen, und er hat uns erklärt, was wozu gehört und was ungefähr wie viel wert ist. Im damaligen Osten noch gar nichts, aber für die West-Berliner Erben war das natürlich etwas anderes.

Wir besuchten ihn danach immer wieder mal in seinem Museum. Eines Tages sagte er mir, dass eine seiner Uhren nicht mehr ginge und deshalb schon ein halbes Jahr beim Uhrmacher liege. Ich bin gelernter Mechaniker und meinte: »Das kann doch nicht so schwer sein.« Dann kaufte ich eine kaputte Uhr bei ihm und brachte sie zu Hause wieder in Ordnung. »So etwas können Sie?«, staunte Lothar, als ich es ihm hinterher erzählte. Einfach aus Spaß an der Freude reparierte ich ihm ein paar Standuhren und fertigte dafür auch Einzelteile an. Daraus entwickelte sich eine lockere Freundschaft zwischen uns, und er ist von da an mit allen technischen Fragen zu mir gekommen. Ich organisierte auch fast alle Maurer- und Umbauarbeiten für das Gutshaus, schaffte viele Handwerker heran. Natürlich preisgünstig, weil Charlotte kein Geld hatte. In meiner Familie gibt es Maurer. Die haben in dem Kellerraum, in dem Charlotte später ihre Küchenmöbel ausstellte, die Decke verputzt. Damals war diese Decke noch mit gelben Tüllgardinen verhangen, weil sie jeden Augenblick runterzukommen drohte. Wir haben eben geholfen, wo wir konnten.

Je näher wir uns dann persönlich kannten, umso mehr begann ich mich für Lothars mechanische Musikapparate zu interessieren. Das war 1980, zu der Zeit, als ich wegen meiner Westverwandtschaft Ärger im Betrieb bekam. Jedenfalls, Lothar oder Charlotte hatte die Idee – wir waren zu der Zeit schon per Du: »Mensch, weißt du, ich kenne so viele Museen, die alte Uhren oder Musikapparate besitzen, doch gibt es kaum Fachleute dafür. Hättest du nicht Lust?« Hättest du nicht Lust – das war gut. Damals war das nicht so einfach. Mit Trick siebzehn habe ich meine Arbeit aus gesundheitlichen Gründen gekündigt und bin 1981 in die Selbstständigkeit gegangen. Anfangs hat mir Charlotte noch Reparaturarbeiten vermittelt, so habe ich auch im Märkischen Museum das große Orchestrion restauriert. Wobei sie mir sehr behilflich war, denn zuerst wusste ich nicht einmal, wie das Teil auseinander genommen wird. Die Holzverkleidung abzubekommen, ist sehr kompliziert. Charlotte konnte mir einige Tipps geben, weil sie beim Reinigen des Orchestrions zugeschaut hatte. Technisch war sie nicht doll bewandert. Im Groben wusste sie natürlich, wie etwas funktioniert, konnte es vorsichtig reinigen, mal einen kleinen Defekt beheben, auch ihre Uhren einstellen und justieren, mehr aber nicht. Dafür kannte sie die Hersteller, wusste, wo die Sachen beheimatet waren und all die Geschichten und Legenden dazu. Charlotte hatte ja im Märkischen Museum nur als Konservator gearbeitet, die Musikmaschinensammlung katalogisiert und vorgeführt.

Ja, und so habe ich auch alle Geräte, die Charlotte nach Schweden mitnahm, vorher noch einmal überholt. Zu der Zeit war es schon fast unmöglich, an sie heranzukommen, weil die beiden Frauen, B. und S., die bei ihr lebten, alle alten Freunde und Bekannten absichtlich von ihr fern hielten. Mich haben sie wohl nur akzeptiert, weil ich die Garantie fürs Geld war. Denn hätten sie die Geräte kaputt mitgenommen, hätten sie bei Verkäufen mit den Preisen runtergehen müssen.

Ich kann mich noch erinnern, wie wir über Jahre mit Freunden in der Mulackritze gefeiert haben. Vorher sammelte ich von jedem etwas Geld für Charlotte ein, und Essen brachten wir auch immer mit. Vor allem den von Charlotte so geliebten Kartoffelsalat. Und sie hat dafür bis in die Nacht erzählt, von ihrer Tante Luise und Schloss Friedrichsfelde. Ich gab immer die jeweiligen Stichworte, und dann sprudelte es jedes Mal nur so

Charlotte in der berühmt-berüchtigten Mulackritze

aus ihr heraus. Bis B. und S. bei ihr wohnten und plötzlich dreihundert Mark für Raummiete und zusätzlich zweihundert Mark für Charlottes »Auftritt« von uns verlangten. Nach vielen Mühen gelang es mir, mich mit Charlotte in Verbindung zu setzen. Als Lothar von den unverschämten Forderungen hörte, ist er bald nicht mehr geworden.

Früher war ich im Gutshaus oft als Begleitperson dabei, und wenn Charlotte nicht konnte, habe ich auch ihre Führungen übernommen. Zu der Zeit hat Frau Schartner noch mitgeholfen, Lothars Cousine. Sie wohnte in Köpenick und kam jeden Sonntag mit der Straßenbahn angefahren. Eine tolle, wirklich schicke Frau, die voll im Leben stand und noch reiten ging, obwohl sie schon über achtzig war. Sie hat nie verstanden, wie man schwul sein kann. »Een richtiger Kerl«, sagte sie mal, »det is doch wat, aber so 'ne Weiber!« Charlotte hatte ihr im Museum ein Zimmer eingerichtet, dort lag sie dann im Liegestuhl vor einer Höhensonne und machte ihr Mittagsschläfchen. Außerdem gab es zu dieser Zeit noch das Margaretchen, Frau Daumann, die während der Führungen die Zimmer auf- und zuschloss und aufpasste, dass niemand klaute. Die beiden waren immer da, bis B. und S. kamen und sie rausekelten.

Ich habe Charlotte oft herumgefahren, fürs Autofahren war sie zu haben. Selbst B. habe ich Mitte der achtziger Jahre einmal vom Dienst abgeholt, weil es ihr psychisch sehr schlecht ging. Anschließend hat sie dann bei Charlotte gewohnt. Na ja, Charlotte und B. waren ja anfangs miteinander und gegeneinander nicht abgeneigt. Es war wohl nicht so, dass Lothar als Transvestit ausschließlich homo war. Außerdem war es auf der einen Seite für Charlotte sehr schön, dass sich jemand um sie sorgte. Dann lernte B. aber eines Tages die S. kennen, später kam auch noch dieser M. dazu. Alles Schmarotzer, die sich durch … na gut. Bis heute hat es keiner seiner alten Freunde verstanden, warum er sich von diesen Frauen so beeinflussen ließ. Sie haben auch die Preise festgelegt, wenn es darum ging, etwas aus seiner Sammlung zu verkaufen, obwohl sie die nur vom Hörensagen und aus Katalogen kannten. Es waren DDR-Preise, die damals von staatlicher Seite bewusst künstlich hoch gehalten wurden. Und diese Preise hat Lothar über die Jahre so belassen.

Dabei war er selbst überhaupt nicht geschäftstüchtig. Wenn Lothar etwas haben wollte, und man sagte ihm: Das kostet so und so viel, dann hat er das ohne Kommentar bezahlt. Er schätzte die handwerkliche Arbeit anderer und hatte große Achtung davor. Es kam zum Beispiel vor, dass er sich auf dem Weihnachtsmarkt vor ein Orchestrion stellte, eine Weile zuhörte, um anschließend zwanzig Mark hineinzustecken. Lothar wusste, die Unterhaltung dieser Geräte kostet viel Geld, und so hat er mit dazu beigetragen.

Für seine eigene Sammlung hat Lothar so gut wie nichts angekauft, dafür fehlte ihm Geld. Nicht nur seine Türfüllungen und -aufsätze organisierte er aus Abrissbeständen, auch mit den Möbeln hat er es so gemacht. Auf diese Art bestückte er auch einige Kneipen, zum Beispiel in Friedrichshagen den »Maulbeerbaum« mit Garderobenständern und Tresen. Das meiste haben ihm die Leute damals geschenkt, sonst wäre es auf dem Müll gelandet. Einen regulären An- und Verkauf hat er nie betrieben. Lothar hatte seine Listen, die in einem Karton lagen. Auf ihnen stand, wer was suchte und wer was zu verkaufen hatte. Und er hat nur vermittelt, ohne jegliche Forderungen und ohne sich in die konkreteren Dinge einzumischen. Es waren wirklich freundschaftliche Gesten, wenn er sagte: »Bringen Sie die Sachen her, wir stellen sie hier hin und irgendwann verkaufen wir es schon.« Natürlich hat er auch ein wenig dabei verdient, die Leute waren ihm ja dankbar für seine Gefälligkeiten. Aber dass es ein so genanntes florierendes Geschäft war, kann ich nicht sagen.

Er oder sie hatte wirklich viel Ahnung von Möbeln. Er fasste einen Stuhl an und wusste, ob der schon maschinell gefertigt war und um welche Holzart und Stilrichtung es sich handelte. Als er in unser Haus kam und die Möbel sah, sagte er gleich: »Das ist ein Groschkus-Buffet, ziehen Sie das Schubfach auf, dort befindet sich ein Firmenstempel, dieses Schubfach wird nie klemmen.« Wir haben dann nachgeschaut, und es war wirklich so. Das Schubfach besteht aus unterschiedlichen Hölzern, die miteinander verleimt wurden, sodass es nicht klemmen kann, denn jede Holzart dehnt sich anders aus. Lothar war der Gründerzeitfachmann. Leider ist er – aus welchen Gründen auch immer – von den damaligen Verantwortlichen des Märkischen Museums vollkommen verkannt worden. Mehrmals bot er dem Märkischen Museum einige seiner kompletten Zimmereinrichtungen an. Die Museumsleitung lehnte aber jedes Mal aus Desinteresse ab. Lothar machte sich natürlich Gedanken darum, was einmal aus seinem Lebenswerk, seinem Gründerzeitmuseum, werden sollte. Er kam auch auf die Idee, seine Sammlung der Ost-Berliner Jüdischen Gemeinde zu stiften. Als Geste, wie er sagte, für die vielen jüdischen Wohnungen, die auf Befehl der Nazis zwangsgeräumt wurden. Als Schuljunge hatte er ja dem Kreuzberger Trödler Max Bier oft bei diesen Räumungsarbeiten geholfen. Der damalige Vorsitzende der Jüdischen Gemeinde lehnte die Schenkung aber ab, weil er Charlotte nicht garantieren konnte, dass auf Dauer genügend Geld und Personal vorhanden wären, um sein Museum weiterzuführen. Ohne sich über die Folgen bewusst zu sein, beging Lothar dann den wohl größten Fehler seines Lebens und adoptierte B., im guten Glauben, dass sie sein Museum einmal übernehmen würde.

B. und S. haben Lothar auch dazu gedrängt, nach Schweden zu gehen. Vielleicht war Schweden für ihn eine Art Flucht vor der inzwischen so schnelllebigen Zeit. Es ärgerte ihn wahnsinnig, stets und ständig den Autostau vor seinem Tor zu sehen, wenn er aus dem Gutshaus trat, und dass die alten Häuser abgerissen waren und an ihrer Stelle unpersönliche Neubauten das Bild des Hultschiner Dammes verschandelten. Auf der anderen Seite liebte er aber sein Berlin, vor allem das Berliner Nachtleben. Lothar war ja ein Nachtschwärmer, und da zog er dann los. Es gehörte eben zu ihrem Leben, dass sie abends ihren Edisonphonographen unter den Arm klemmte und in die Stadt fuhr, um in irgendwelchen Szenekneipen Musik zu machen. Ich habe ihn öfter mit dem Auto mitgenommen. Er sagte nur: »Ich muss in die Stadt, ich muss nach Kreuzberg«, mehr nicht. Immer trennte er sein der Öffentlichkeit gewidmetes Leben vom rein privaten. Er ließ sich von mir bis zur U- oder S-Bahn fahren, aber mein Angebot, ihn an sein Ziel zu bringen, schlug er jedes Mal aus. »Nein danke, ich weiß, wie ich fahren muss«, damit war der Fall erledigt. Sein Leben spielte sich in drei vollkommen voneinander getrennten Bereichen ab. Das waren sein Museum, seine Neigungen – das Anderssein – und die Familie, von der er nach dem Tod seines geliebten Muttichens noch stärker abgekapselt wurde.

Charlotte lebte in einer anderen Zeit, in einer anderen Welt und hat daher alles um sich herum negiert. Das wiederum war ein fruchtbarer Acker für die beiden Frauen, die Charlotte umso leichter beeinflussen konnten. Ich glaube, es hatte mit ihrem Anderssein zu tun, dass sie so auf die zwei fixiert war. Ich habe etliche Homos als Kunden. Viele Homosexuelle besitzen ja ein ausgeprägtes Feingefühl für Kunst. Die jüngeren unter meinen Kunden sagen alle: Charlotte ist und war schon toll, aber die Art, wie sie ihr Leben gestaltete, morgens vom Aufstehen bis zum Zubettgehen, immer hundert Jahre zurück, fanden sie abstoßend. Altes sammeln ja, aber im Alten leben … Es hielt keiner lange bei ihr aus, denn in ihrem Leben war für Zukunft kein Platz. Darum hat er sich vielleicht auch an diese beiden Frauen geklammert und sich ihnen mit allen Konsequenzen ausgeliefert.

Als ich ihn kennen lernte, war er eindeutig Lothar. Da trug er noch Hosen, darunter allerdings schwarze Seidenstrümpfe und dazu Damenschuhe mit kleinem

Absatz und enge Pullover. Seine taillierten Kittelschürzen ließ er sich später von einer Freundin schneidern, irgendwann bekam man sie ja nicht mehr zu kaufen. Lothar hat im Keller immer in Schürze und mit einem Kopftuch um geheizt. Nach der Wende nannte er sich dann offiziell Charlotte von Mahlsdorf und rannte nur noch in Frauenkleidern rum. Von da an habe ich – wie die meisten – Charlotte zu ihm gesagt. Obwohl es mir anfangs nur schwer von den Lippen ging. Im Grunde, glaube ich, hatte er aber keine Probleme damit, ob man ihn nun Lothar oder Charlotte nannte.

Als Charlotte, also als Frau, habe ich ihn das erste Mal genau zur Wende erlebt. Wir waren nach Zehlendorf zur Hochzeit eines befreundeten Drehorgelbauers eingeladen. Keiner von uns ahnte, dass der Tag der Hochzeit der Tag des Mauerfalls sein würde. Hier im Ostteil war am selben Abend die Premiere des Films »Coming out«. Charlotte, die darin eine Barfrau spielte, kam direkt von der Premierenfeier nach. In voller Montur, mit langer Perücke und tief ausgeschnittenem Kleid, darüber einen links geknöpften Mantel. Wir sind dann nachts mit der Bahn wieder nach Hause, nach Mahlsdorf, gefahren und er sagte zu mir: »Horst, nun pass mal auf, nun wirst du mal sehen, wie die wieder gucken.« Wir mussten ja an der Grenze noch unsere Ausweise zeigen. Der Grenzposten stieß auch gleich seinen Kumpel an und zischelte: »Da ist er wieder.« Dann guckte er in den Ausweis und meinte: »Das sind Sie doch gar nicht.« »Selbstverständlich«, konterte Charlotte triumphierend und fühlte sich natürlich. Also, sie war schon eine schillernde Person.

Im Oderbruch haben wir mal zusammen Möbel gekauft. Die Frau, die das alte Haus bewachte, in dem die Möbel lagerten, fing gleich an, sich mit Charlotte zu unterhalten, und erzählte, dass sie gerade in Rente gegangen sei, und meinte dann zu Charlotte: »Na, bei Ihnen ist es wohl auch bald so weit.« »Nein, nein, ich muss noch ein Jahr warten«, antwortete Lothar. »Sind Sie verheiratet, lebt Ihr Mann noch?«, kam die nächste Frage. Wir anderen grienten schon, und Lothar griente auch und piepste: »Nein, ich bin nicht verheiratet.« Auf dem Heimweg seufzte er: »Hach, war das schön!« Für ihn gab es nichts Schöneres, als von anderen wie eine Frau behandelt zu werden. Vor allem, wenn er dabei nicht als Mann erkannt wurde.

Ich habe ihn in vielen verschiedenen Situationen erlebt. Wenn ich manchmal in sein Schlafzimmer kam, stöhnte er: »Ach, guck dich nur nicht um, Horst, bei mir sieht es wieder aus wie bei einer Hamburger Hafennutte.« Ja, und dann lagen eben seine Strapse rum und er fand das okay.

Mich hat natürlich interessiert, wie es dazu kommt, dass man Transvestit wird. Ist es angeboren? Darüber haben wir uns nächtelang unterhalten, und ich habe dabei unheimlich viel von ihm gelernt. Es sind wohl etliche verschiedene Dinge, die da zusammenkommen, um einen Menschen so zu formen. Bei ihm waren es seine persönliche Veranlagung, die besondere Beziehung zur Mutter und seine Jugenderlebnisse mit dem brutalen Vater.

Für Politik interessierte er sich kaum. Vielleicht hatte er, als er nach Schweden ging, das Schicksal seiner

Nenntante Luise vor Augen. Tante Luise kam kurz vor Kriegsende mit ihrem Tross aus Ostpreußen nach Berlin und zog gleich nach 1945 weiter nach England, weil sie behauptete, die Braunen kommen wieder. Mit über siebzig ist sie ausgewandert, und Lothar hat das Gleiche gemacht. Er sagte: »Tante Luise hat es geschafft, ich schaffe das auch. Und sie hatte Recht: Die Braunen kommen wieder.« Er meinte damit den Überfall der Skins auf sein Gutshaus während eines Schwulen- und Lesbenfestes im Sommer 1991. B. und S. haben das natürlich ausgenutzt, um ihn darin zu bestärken, Mahlsdorf zu verlassen. Das hat ja auch geklappt. Charlotte war kein entscheidungsfreudiger Mensch, sie brauchte jemanden, der ihr sagte, was sie tun und lassen muss. Ihr Wesen, die Frau im Manne, verlangte nach einer bestimmten Art von Unterdrückung, von Bevormundung. Sie wollte energisch gelenkt und geführt werden, dann hat sie auch auf den- oder diejenige gehört und sich überzeugen lassen. Das haben die beiden Frauen erkannt und ausgenutzt, tagtäglich.

Ja, für mich war sie eine Persönlichkeit, die ich achtete und schätzte, und sie hat eine mächtige Lücke hinterlassen. Mir war das schon bewusst, als er in Schweden lebte. Klingelte nachts bei uns das Telefon, sagte meine Frau immer: »Geh mal in die Küche, das ist Lothar.« Und ich wusste, jetzt dauert es mindestens eine Stunde, und er hat wieder Heimweh und braucht jemanden, mit dem er quatschen kann.

Zwei Tage, bevor er starb, war er bei mir, um sich eine Grammophonstütze abzuholen. Die lag noch in seiner Handtasche. Nachher habe ich sie wiederbekommen. Er hat sich wohl übernommen mit dem Umzug und allem, was damit zusammenhing. In Schweden war er allein und einsam. Er selbst wäre nie auf die Idee gekommen, in dieses entlegene Porla Brunn zu ziehen, überhaupt weg aus Berlin. Aber wer weiß, wozu es gut war.

Wie ich sie gesehen habe? Als Frau habe ich sie nicht gesehen, denn wenn ich sie als Frau gesehen hätte, hätte ich als Mann, der ich ja nun mal bin, bestimmt auch anders für sie empfunden. Eine Frau hat doch eine ganz eigene Ausstrahlung. Für mich war ihr Verkleiden irgendwie Schauspielerei. Ich kann mir nicht vorstellen, dass ich, wenn ich Kleider anziehe, plötzlich ein anderer Mensch bin. Er hat das, glaube ich, alles nur gespielt. Trotzdem konnte sie ja nicht verheimlichen, dass sie ein Mann war. Sie hat es mit allen Mitteln versucht, aber im Endeffekt ... Vom Charakter her war es eine Frau – die leicht zu beeinflussen war, die geführt werden wollte. Und, wie gesagt, sie hat viel geschauspielert. Sie konnte das, hat sich immer dümmer gestellt, als sie war, hat sich vieles erst einmal angehört und abgewogen.

Ich war gern mit ihr zusammen, bin oft verzweifelt an der Arschruhe, an ihrem Getue und Gehabe. Man konnte kaputt daran gehen, an diesem: »Ach ja, na dann wollen wir mal, jetzt sind wir gleich so weit, jetzt können wir.« Aber ehe es dann wirklich so weit war ... Das war das stark Feminine an ihr. Ja, das war Charlotte.

Horst Riesebeck ist Musikmaschinen- und Uhrenrestaurator

Alexander Iljinskij

Charlotte, bitte nicht die Kneipenwirtin spielen!

Anfang der achtziger Jahre sollte ich für die Berliner Filmdirektion im Kino International einen Filmball zum Thema Alt-Berlin ausrichten. Man gab mir den Tipp: »Du, da gibt es jemanden, der sammelt Gründerzeitmöbel, alte Schallplatten, Musikautomaten und so, und der nennt sich Charlotte von Mahlsdorf.« Ich habe mir daraufhin über einen Bekannten ihre Telefonnummer besorgt. Er riet mir noch: »Du musst eine offizielle Anrede finden, du darfst nicht Charlotte sagen, sondern Lothar Berfelde.« Na ja, ich rief also dort an, und es meldete sich eine Frauenstimme am Telefon. Ich sagte: »Könnte ich bitte Herrn Berfelde sprechen?« Am anderen Ende der Leitung bemerkte ich ein kurzes zögerliches Innehalten, worauf dieselbe Frauenstimme antwortete: »Ich bin Lothar Berfelde.« Ich trug ihr die ganze Geschichte meines Anliegens vor. Es war ein gutes Gespräch, und am Tage der Veranstaltung kam er dann. Ich kann mich noch heute erinnern, dass er überhaupt nicht geschlechtsspezifisch angezogen war, ein bisschen indifferent – mit beigefarbener Hose, einer Weste, die schon etwas auffällig war, und einem Hemd, das nicht so einen maskulinen Machoschnitt, sondern eher einen femininen Touch hatte. In der Zwischenzeit hatte ich mich auch nach ihr erkundigt und wusste über

Lothar Berfelde respektive Charlotte von Mahlsdorf Bescheid. Durch die kooperative Zusammenarbeit mit ihm wurde der Filmball schließlich ein großer Erfolg. Was sie an diesem Abend an Grammophonen, Schellackplatten und Musikautomaten zeigte, war sehens- und hörenswert.

Das war, wie gesagt, meine erste Begegnung mit ihr. Ja, und dann fiel eines Tages die Mauer. Für mich war das ein ganz wesentliches Ereignis, denn ich wurde Intendant des Friedrichstadt Palastes, wozu damals auch die Kleine Revue gehörte. Mir kam die Idee, in der Kleinen Revue eine Reihe zu veranstalten, die an berühmte Berlinerinnen und Berliner erinnern sollte, die etwas mit Theater zu tun hatten. Vorgesehen waren dafür unter anderem Claire Walldorf, mit der wir diese Reihe auch starteten, Marlene Dietrich, Wilhelm Bendo, Gustav Gründgens und und und ... Dabei hatte ich mir in den Kopf gesetzt, die Produktionen jeweils mit einem Zeitzeugen zu verbinden, der entweder die Person noch kannte oder über die jeweilige Zeit subjektiv reflektieren konnte. Bei der Claire-Walldorf-Produktion fragte ich Charlotte von Mahlsdorf, ob es für sie möglich wäre, etwas über diese Zeit zu erzählen, über das Milieu, über Claire, über die Mulackritze und so. Sie hat spontan zugesagt. Alle folgenden geschäftlichen und terminlichen Kontakte zu ihr wurden dann über ihre beiden Freundinnen vermittelt, mit denen sie wohl auch zusammen nach Schweden gegangen ist.

Charlotte hat relativ forsch zugestimmt, weil sie von der Idee dieses Stückes begeistert war. Als wir unser erstes persönliches Gespräch miteinander führten, erklärte ich ihr: »Charlotte, Sie stehen da auf einer Bühne, Sie müssen vor Publikum auftreten, Sie müssen sich an die Rolle halten. Und weil das Stück einen Anfang und irgendwann auch ein Ende haben muss, müssen Sie sich selbstverständlich auch an das Textbuch halten.« All diese Dinge wurden später aber kaum von ihr berücksichtigt.

Charlotte hatte uns gestattet, ihre Mulackritze zu fotografieren, und anhand dieser Fotos schufen wir einen Bühnenraum, wo sie als Wirtin auftrat. Natürlich gab es jedes Mal ein großes Hallo beim Publikum, wenn Charlotte, die ja nun schon nicht mehr die Jüngste war, auf die Bühne kam. Sie hat ihren Part mit großer Ausstrahlung und Sachkenntnis dargestellt, weil sie die Materie genau kannte. Das Schlimme für die Abendregie war nur, dass Charlotte sich nie an die Texte hielt. Sie kam jedes Mal ins Fabulieren. Sie hatte so viel zu erzählen, dass sie nur mit Mühe und Not das Stichwort traf. Das Stichwort sollte nämlich sein: »Und heute meine Lieblingsgäste Gerlinde Kempendorff und Angelika Mann.« Aber Charlotte kam höchst selten zu diesem Stichwort. Es kam sogar vor, dass sie über ihre Erzählerei die Namen der beiden vergaß. Die Lütte und Gerlinde Kempendorff standen hinten in der Gasse und warteten auf ihren Auftritt, während es draußen auf der Bühne bei Charlotte kein Ende nahm. Das Stichwort kam auch nicht, und da stürmten die beiden einfach raus und riefen: »Und hier sind ihre besten Freunde, Angelika Mann und Gerlinde Kempendorff.« Die beiden haben Charlotte so manches Mal unterbrochen, wenn die Lütte dann sagte: »Jetzt reicht es aber, jetzt sind wir mal wieder dran.« Es entstand aber nie eine peinliche Lücke, und es kam auch nicht zu anderen Pannen. Im Gegenteil: Charlotte redete und redete …

Charlotte war kein Hallodri. Sie ist ganz diszipliniert zu den Proben gekommen und hat – da muss ich sagen: Hut ab – ihre Texte ernsthaft gelernt. Sie hat sie natürlich auf ihre eigene Art wiedergegeben und jedes Mal etwas anders. Wenn ihr was Tolles einfiel, dann hat sie das eben noch mit eingefügt.

Die Abendregie verfolgt ja das Geschehen auf der Bühne anhand der ihnen vorliegenden Texte. Anfangs blätterten die zu jeder Vorstellung in den Textbüchern und suchten ständig die entsprechenden Passagen: »Nanu, wo steht denn das? Wurde da etwas verändert, wovon ich nichts weiß?« In den Vorstellungsbüchern stehen darum auch lauter Eintragungen wie: Charlotte war zu lang, Charlotte hat die beiden Sängerinnen nicht angesagt. Aber das, was sie sagte – auch, wenn sie extemporierte –, das hatte immer einen Bezug zu dem Stück, zu der dargestellten Zeit oder der Person Claire Waldorff. Daran hat sie sich schon gehalten, auch wenn sie eben an einem Abend von der Mulackritze erzählte und bei der nächsten Vorstellung über ihr eigenes Leben. Manchmal berichtete sie darüber, wie es in den dreißiger Jahren für Schwule und Lesben aussah, und erzählte zum Beispiel von den Lockerungen, die es für sie in der Nazizeit während der Olympischen Spiele gab, denn da sollte und musste Berlin natürlich als weltoffene Stadt gelten. Das war alles höchst interessant, und Charlotte hat es auch äußerst charmant rübergebracht. Es war eben nur schwierig, mit ihr auf Stichwort zu arbeiten.

Wir haben ihr auch immer gesagt: »Charlotte, bitte nicht die Kneipenwirtin spielen. Es ist aus dramaturgischer Sicht besser, wenn es zwischen der Figur der Kneipenwirtin und dem eigentlichen Zeitzeugen einen Unterschied gibt und das Publikum den auch erkennt.« Das ist ihr natürlich nur schwer gelungen. So wie Charlotte die Schürze umband und das Pseudobier servierte, war sie die leibhaftige Wirtin der Mulackritze. Dann war sie einfach nicht mehr zu halten, und zum Schluss hat sie sogar noch zusammen mit Gerlinde Kempendorff und Angelika Mann das Lied »Da geht mir der Hut hoch« gesungen.

Die Produktion wurde ein Riesenerfolg und lief eine gesamte Spielzeit. Wir haben sie aber nicht allzu häufig ansetzen können, weil wir Rücksicht auf Charlotte nehmen mussten. Sie hatte zu der Zeit ziemlich viele Verpflichtungen, schließlich war sie eine stadt- und landesweit bekannte Persönlichkeit – und ganz so jung war sie, wie gesagt, auch nicht mehr.

Wir hatten mit Charlottchen verabredet, dass sie aus ihrer Sammlung ein Trichtergrammophon und so ein Ding mit einer Musikwalze zu den Vorstellungen mitbringen sollte, und boten ihr an: »Charlotte, du kannst die Sachen getrost im Theater lassen. Sie werden hier bis zur nächsten Aufführung eingeschlossen, da kommt nichts weg.« Sie: »Ne, ne.« Das war ihr zu unsicher, sie hat die Dinger wirklich nicht aus den Augen gelassen. Ihre Gage hatte ja nur einen symbolischen Wert, darum übernahmen wir dann die Taxikosten für sie. Das sah immer ein bisschen Furcht erregend aus, wenn Charlotte, die schweren Geräte unterm Arm – wirklich unter beide Arme geklemmt –, aus dem Taxi krabbelte und damit angeschleppt kam.

Es ergaben sich aus unserer Zusammenarbeit natürlich auch ganz kollegiale Kontakte. Irgendwann sagte Charlotte zu uns: »So, jetzt möchte ich euch alle, die ihr das Stück auf die Bühne gestellt habt, zu mir nach Hause einladen.« Wir sind dann raus nach Mahlsdorf gefahren, und sie hatte in ihrer berühmten Mulackritze etwas zu essen vorbereitet, ein berlintypisches Büfett eben, mit Hackepeter, Eiern, Gurke und solchen Sachen. Anschließend hat sie mit uns eine Privatführung durch ihr Gründerzeitmuseum gemacht. Mir fiel dabei auf, dass sie sich ganz, ganz stark für das Bewahren dieses Stückchen kultureller und irgendwo auch Berliner Identität – in dem Falle kann man fast von einem Stückchen Milieu sprechen – engagierte. So wie ich das sehe, war Charlotte glücklich, dass sie das leben konnte, was sie letztendlich gefühlt hat, obwohl der liebe Gott einen Fehlgriff gemacht hatte. Das soll ja vorkommen in der Schöpfung. So hat sie gelebt, aber primär wichtig war ihr, anderen zu vermitteln, tolerant damit umzugehen. Und: Sie hat ihre Museumsarbeit sehr, sehr ernst genommen.

Ich erlebe es oft, dass in der Schwulenszene viele glauben, ihre Veranlagung sei etwas Besonderes und sie seien damit auch etwas Besonderes. Na ja, es ist eine andere Veranlagung, aber etwas Besonderes ist es deshalb nicht. Und Charlottchen hat so gelebt, dass sie sagte: »Geht mit mir ganz normal um, so wie ich bin, aber gemessen werden möchte ich an dem, was ich tue.« Und so hat sie auch ihre Tätigkeit bei uns am Theater gesehen. Es war wirklich eine sehr schöne Zeit mit ihr.

Alexander Iljinskij war bis 2004 Intendant des Friedrichstadtpalastes Berlin

Ewald Sch./Michael J.

Wir waren ihre Familie

Ewald Sch.

Charlotte ist Anfang 1998 zu den Bösen Buben gekommen, davor war sie etliche Jahre bei den Quälgeistern in Schöneberg. Ich hatte immer den Eindruck, dass sich Charlotte bei uns gut aufgehoben fühlte. Sie ist sehr, sehr gern hier gewesen, denn sie genoss große Sympathien und wurde so akzeptiert, wie sie war, als Frau. Und niemand störte sich daran, dass sie in Frauenkleidung kam. Im Gegenteil, gerade neue Mitglieder freuten sich, sie kennen zu lernen, schließlich war sie eine interessante Persönlichkeit. Ich habe Charlotte gern massiert. Hauen wollte ich nicht, dafür war sie mir zu zart. Sie war feinsinnig und machte einen empfindsamen, mehr zurückhaltenden Eindruck, als dass sie hier im Club fordernd oder verlangend bedient sein wollte. Sie hatte auch nicht die bewusste Berliner Schnauze und öffnete sich jedem, zu dem sie einmal Vertrauen erlangte. Manchmal sprach sie auch mit mir über ihre Probleme. Natürlich nicht über alles, und ich musste auch mehr fragen, als dass sie von allein erzählt hätte, aber sie ist den Fragen dann auch nicht ausgewichen. Über die Sorgen mit ihrem Gründerzeitmuseum hat sie öfter mit mir gesprochen, obwohl ich das Museum selbst nicht kenne.

Michael J.
Ich habe Charlotte 1993, als ich zum Quälgeist kam, kennen gelernt. Wir waren ihre so genannte Familie. Mit vielen war sie schon vor der Wende in Ost-Berlin zusammen, und nach der Wende sind alle zum Quälgeist gegangen. Damals war er in Berlin der einzige SM-Club für Männer. Dazu muss ich erklären, dass zwischen den eigentlichen Sadomasochisten mit ihren stark rituellen Handlungen und den so genannten Flagellanten zu unterscheiden ist. Charlotte und ihr Freundeskreis waren Flagellanten. Das sind Leute, die sich mit der Peitsche oder dem Rohrstock schlagen lassen oder selber schlagen.

Bevor ich Charlotte das erste Mal beim Quälgeist traf, hatte ich schon Rosa von Praunheims Film über sie gesehen und ihr Buch gelesen. Mein erster Eindruck: Ganz Dame. Ich wäre nie auf die Idee gekommen, dass dies ein Mann sein könnte. Sie war keine Grande Dame, sie ist ja ganz schlicht aufgetreten und hat sich nie, wie andere Transvestiten, grell geschminkt. Charlotte ist immer ungeschminkt gegangen. Ihr Benehmen – überhaupt nicht exaltiert –, die Art, sich zu bewegen – sie ist nicht stolziert, sondern ganz natürlich gelaufen –, ihre Freundlichkeit und die Art, wie sie sprach, all das hat Charlotte liebenswert gemacht. Wo sie auch auftauchte, sie war immer im Zentrum, schon allein durch ihre äußere Erscheinung. Von ihr ging Faszination aus. Charlotte hatte eine Katalysatorfunktion. Sie war eine gute Zuhörerin und hat sich jedem, mit dem sie ins Gespräch kam, aufmerksam zugewandt.

Als Flagellantin war Charlotte selten und nur bei besonderen Freunden aktiv. Ansonsten hatte sie es lieber, wenn sie die Schläge selbst erleiden durfte. Mich hat sie nie doll gehauen, und ich habe mich wohl gefühlt in dieser Situation, weil ein ganz, ganz lieber Mensch um mich war. Charlotte, ja man soll es nicht glauben, Charlotte hat viel einstecken können. Obwohl sie eine ganz zarte Haut hatte – sehr weiß, und Spuren waren bei ihr sehr schnell zu sehen –, hat sie ohne weiteres dreihundert verhältnismäßig scharfe Hiebe mit dem Rohrstock vertragen, in schneller Folge. Das war noch beim Quälgeist. Ich staunte damals, dass ein Mensch so viel aushalten kann. Für die Zartheit ihres Körpers war das jedenfalls enorm. Die Haut erhält aber mit der Zeit eine gewisse Festigkeit und platzt daher unter den Schlägen nicht gleich auf. Außerdem achten wir darauf, dass es erst gar nicht dazu kommt.

In der Regel ähneln sich die Schlüsselerlebnisse derer, die später zu Flagellanten werden. Sie tauchen meist in der Pubertät auf und sind von Bestrafungen, sprich Schlägen geprägt. Ab einem gewissen Alter stellt der eine oder andere fest, dass diese Schläge angenehm sind, weil während des Schlagens bei einigen Jungen da vorn, in der Mitte, etwas geschieht. Plötzlich spürt man: Ach, das tut ja nicht nur weh, da passiert ja noch mehr. Die Schmerzen werden so zur erotischen Empfindung, und man sehnt sich danach, selbst wenn es schlimm ist.

Ewald Sch.

Man kann es vielleicht darüber verständlich machen, wie es beim Hetero-Pärchen ist, wenn sich die Frau während der gemeinsamen Ekstase mit den Nägeln im Rücken des Mannes verkrallt oder kratzt. Natürlich tut das weh, aber meist bewirkt dieser Schmerz auch eine Steigerung des erotischen Gefühls.

Michael J.
In dieser euphorischen Stresssituation werden endogene Morphine freigesetzt, und das ist wunderschön. Das macht süchtig. Und Charlotte – ich denke, dass ich da nichts Negatives sage – gehörte zu denen, die danach süchtig waren.

Und jetzt etwas ganz Wichtiges: Wenn Jungen streng erzogen werden, bekommen sie meist keine Zuwendung in Form von Zärtlichkeit. Bei ihnen findet die körperliche Zuwendung durch Schläge statt, das heißt, sie machen die Erfahrung, Zuwendung tut weh. Aber besser eine Zuwendung bekommen, die weh tut, als überhaupt keine. In ihrem Buch hat Charlotte ja geschrieben, dass sie immer wieder liebe Menschen gefunden hat, die das für sie getan haben. Für sie war es ein wirklicher Liebesbeweis, Schläge zu bekommen. Es war die Art Zuwendung, die sie vom Vater gewohnt war.

Die meisten Flagellanten regredieren in die Pubertät. Menschen, die die Erfahrung gemacht haben, Zuwendung nur durch Schläge zu bekommen, verinnerlichen sie zu dem Schluss: Wenn ich als Erwachsener Zuwendung haben will, läuft dies über Schläge. Und dieses Verhaltensmuster müssen sie dann ständig wiederholen. Ich bin mir zwar nicht ganz sicher, aber die Härte, die Charlotte eingesteckt hat, schien mir zu zeigen, dass es sich bei ihr um eine Bestrafungsflagellation handelte.

Sie hat ja die Flagellation, also die Züchtigung, in der Pubertät als Strafe erlebt. Ganz zentral in ihrem Leben war: Wer mich liebt, schlägt mich.

Unter den Masochisten befinden sich auch solche, die Probleme mit ihrem Selbstwertgefühl haben. Die behaupten: Ich bin der letzte Dreck – bis zu diesem Extrem geht das –, ich gehöre erniedrigt zu werden und maßlos gequält. So war Charlotte nicht, im Gegenteil. Die Gespräche mit ihr und so, wie ich sie erlebt habe, das machte mir klar, dass Charlotte ein gesundes Selbstwertgefühl besaß. Sie war schon devot, hat sich über die Bank oder den Bock gelegt, aber ich habe nie erlebt, dass sie sich in irgendeiner Weise entwürdigen ließ oder selbst entwürdigt hat. Sie hat tapfer hingehalten, und hinterher haben wir so natürlich miteinander verkehrt, als hätte diese Prügelszene nie stattgefunden. An der ganzen Haltung, wie Charlotte die Schläge empfing, war nichts Sklavisches, es war einfach – so könnte man es sagen – aus der Rolle des ungezogenen Mädchens heraus. Sie gehörte damit auch ein wenig zu den so genannten Erziehungsspiel-Flagellanten. Charlotte hat schlicht und einfach Haue bekommen, wenn ihr danach war, dieses »Schinkenklopfen« halt. Davon hat sie sehr geschwärmt. Und bei Charlotte war es ein »Schinkenklopfen« in verschärfter Form, denn wer so viel gewöhnt ist, der verträgt auch viel. Die Reizschwelle, bei der es dazu kommt, dass ein Wohlgefühl ausgelöst wird, lag bei ihr ziemlich hoch. Es tut dann schon weh, ist aber noch halbwegs auszuhalten, und das war genau das Level, wo sich Charlotte wohl fühlte.

Natürlich handelt es sich bei den verschiedenen Arten der Flagellation vorrangig um eine sexuelle Prägung, nur sollte ein Außenstehender das nicht gleich als pervers abtun. Flagellation bedeutet nicht, dass bei diesen Menschen das gesamte Geschlechtsleben abartig ist und Erregung nur in dieser Form zu Stande kommt. Bei einigen mag es so sein, aber das ist durchaus nicht allgemein so.

Ewald Sch.
Und es ist auch nicht unbedingt so, dass dabei ein Orgasmus erfolgt. Bei manchen schon, die treiben es bis dahin, aber das ist ja nicht das angestrebte Ziel.

Michael J.
Bestrafungsflagellanten haben in erster Linie den Wunsch nach einer Tracht Prügel, dass der Hintern ein bisschen weh tut. Wenn der Orgasmus als Zugabe kommt, ist es gut, wenn nicht, auch. Als Höhepunkt des Ganzen sind ihnen der anschließende Trost und die persönliche Zuwendung viel wichtiger.

Ewald Sch.
Ich denke, wenn der Vater von Charlotte vielleicht nicht so brutal und herzlos gewesen wäre und sie nach den Prügelstrafen anschließend in den Arm genommen, ein bisschen gedrückt und getröstet hätte, dann hätte sie diese Strafe auch akzeptiert und ihren Vater trotzdem geliebt. Wo dies fehlt, kann es bei einem Kind wie bei Charlotte damals zu Persönlichkeitsstörungen kommen.

Michael J.
Auch wenn Charlotte die Prügel ihres Vaters als ungerecht empfand, so bildet sich oft gleichzeitig bei Jugendlichen wie ihr ein schlechtes Gewissen heraus, unter dem sie sehr leiden. Ihr Problem ist: Was habe ich falsch gemacht, dass ich kein gutes Kind bin? Ich habe die Schläge wohl verdient. Und jetzt geht das durch ihr ganzes Leben, das heißt, da wird ein Über-Ich aufgebaut, das Druck ausübt. Wenn man dann als Erwachsener Fehler begeht, dann meint man: Dafür verdiene ich eine Tracht Prügel, die hole ich mir und dann bin ich entspannt, entschuldet. Das ist die typische Form der Bestrafungsflagellation. Das ist wie ein Ventil. Flagellation ist ja in der Regel eine therapeutische Prügel, die etwas mit menschlicher Zuwendung zu tun hat. Sie ermöglicht dem Flagellanten, sich vorübergehend von einer Gewissenslast zu befreien.

Und Charlotte hatte durch die Tat an ihrem Vater zusätzlich noch eine sehr große Gewissenslast mit sich zu tragen. Wer Charlotte in ihrer Art nicht näher kannte, dachte vielleicht, dass sie ein einfältiger Mensch war, aber das stimmte nicht. Sie war keineswegs oberflächlich, sondern durchaus auch grüblerisch, und ich denke, die Tat an ihrem Vater hat ihr Gewissen sehr belastet und dafür wollte sie fortgesetzt bestraft werden.

Ewald Sch.
Mir hat sie einmal erzählt, dass sie diese furchtbare Tat auf sich nehmen musste aus Angst, der cholerische Vater würde eines Tages ihre Mutter erschlagen oder er-

schießen. Und aus dieser Angst heraus kam der Drang, die Mutter mit allen Mitteln zu beschützen. Glaubwürdig in der Schilderung ihres Motivs war sie dadurch, dass sie zu diesem Zeitpunkt noch so jung war. Sie hat die ganze Sache nie verarbeitet und immer wieder neu durchleben müssen und dafür die Form der Flagellation gewählt. Das war ihr Weg, aber der ging nie zu Ende. Nur, es wird auch kein Ende erwartet oder gesucht.

Michael J.
Eine Tracht Prügel zu kriegen – wenn man denn diese Einstellung hat, dass dadurch angebliche Schuld oder ein schlechtes Gewissen bereinigt werden –, das ist wirklich eine Katharsis. Man ist hinterher befreit, entspannt und glücklich – ich habe abgegolten, was ich angerichtet habe. Dieses Glück hat man Charlotte, wenn sie vom Bock aufstand, angesehen.

Ewald Sch.
Vielleicht kann man sogar so weit gehen zu sagen, dass es für sie befriedigend war, wiederholt Buße getan zu haben, ähnlich den religiösen Geißlern und Büßern. Eigentlich hätte für Charlotte alles vorbei sein müssen, als sie aus der Jugendhaftanstalt entlassen wurde, aber für sie persönlich war das nie, nie der Fall. Wahrscheinlich hatte damals auch niemand mit ihr vertrauensvoll über das Geschehene geredet. Doch wem vertraut sich ein Junge in der Pubertät schon an?

Michael J.

SM-Leute und Flagellanten sind ja zum Großteil exhibitionistisch. Sie lieben es, wenn ihnen andere zuschauen. Für sie ist es ein schönes Gefühl, dieses: Ich stehe jetzt im Mittelpunkt, und die anderen bewundern, was ich an Schlägen einstecken kann. Charlotte hat sich gern und willig exhibitioniert und dabei sichtlich wohl gefühlt. Wenn sie über dem Bock lag, haben alle, die anwesend waren, zugeguckt. Für sie war das ein ganz selbstverständlicher Teil ihrer Persönlichkeit. Sie hatte auch keine Scheu, da wo es ihr angebracht schien, in der Öffentlichkeit darüber zu sprechen.

Charlotte war eine Frau! Charlotte ist kein Mensch gewesen, der im Männerkörper steckte und sich als Frau fühlte, Frau sein wollte, es aber doch nicht sein konnte, nein, Charlotte war eine Frau – in jeder Beziehung. Nichts an ihr erschien aufgesetzt. Es war auch wunderbar, mit ihr über bestimmte Dinge zu sprechen oder selbst tiefgründige Themen zu erörtern. In schlichter Einfachheit konnte sie dabei ganz wesentliche Tatbestände darstellen. Sie besaß sozusagen eine moral-philosophische Ader. Ich akzeptierte an Charlotte das, was sie persönlich aus ihrem Inneren heraus nach außen brachte, und habe dem kein Vorurteil entgegengesetzt und auch nicht wie manche gedacht: Na ja, die hat ja nicht alle beisammen.

Ein normaler Jugendlicher hat ja schon Schwierigkeiten mit seiner Identitätsfindung. Wie muss es da Charlotte in ihrer besonderen Situation ergangen sein? Dieser persönliche Zwiespalt mit ihrer Geschlechtszugehörigkeit, der riesige Druck durch den unberechenbaren Vater und gleichzeitig noch die Schutzfunktion für die Mutter. Wie Charlotte das aushalten konnte und trotzdem zu sich selbst gefunden und gestanden hat, ist wirklich bewundernswert. Ein Leben in gesellschaftlichen Widersprüchen, schon auf Grund ihrer äußeren Erscheinung, ein Leben voller Brüche und am Ende dieses Lebens dann noch ganz, ganz herbe Enttäuschungen. Und trotzdem brachte sie den Mut auf, zu sich selbst zu stehen und vor aller Welt zu sagen: »Seht her, das bin ich und ich will so akzeptiert werden, wie ich bin.« Und dass sie aus dieser Jugend heraus solch eine Lebensleistung vollbracht hat, dafür gehört Charlotte für mich zu den großen Persönlichkeiten. Sie war ein bezaubernder Mensch, zeigte eine Mischung aus Liebesbedürftigkeit und Courage. Das, was Charlotte von sich selbst behauptete, entsprach voll und ganz der Wahrheit. Sie war ihre eigene Frau. Und das gab ihr Halt im Leben.

Ewald Sch. ist Vorsitzender des Vereins Böse Buben, Michael J. ist ein Flagellant

Simone Karras

Ein bisschen hat sie auch meine Seele geheilt

Ich habe Charlotte 1996 kennen gelernt, und zwar ein Jahr, nachdem wir uns eigentlich hätten kennen lernen können. Damals schlug mir eine Freundin vor, das Gründerzeitmuseum zu besuchen. Wir sind auch dort gewesen, aber ins Museum hinein kam ich nicht, weil meine Freundin vor der Tür ohnmächtig wurde und ich sie ins Krankenhaus fahren durfte. Ein Jahr verging, doch Charlotte von Mahlsdorf blieb mir immer im Gedächtnis. Ich wollte sie unbedingt kennen lernen. Bis ich eines Tages in der Zeitung las, dass Charlotte in Pankow eine Lesung macht. Irgendwie war ich sehr aufgeregt und überlegte: Was schenke ich ihr Schönes? Ich dachte: Du musst Blumen besorgen. Ich wollte ihr unbedingt etwas Nettes tun. Warum? Keine Ahnung. Nach der Lesung ging ich zu ihr, um mir ein Buch signieren zu lassen, und dabei überreichte ich ihr die Blumen. Außerdem fragte ich, ob sie noch Führungen durch ihr Museum machte. Sie meinte, offiziell nicht, aber sonntags mache sie schon noch welche, doch ich solle es nicht weitersagen. Also war ich den darauf folgenden Sonntag wieder in ihrem Museum. Vorher hatte ich ein paar persönliche Gedanken an sie verfasst, und diesen Brief stellte ich ihr nach der Führung an den großen Spiegel im Eingangsbereich. Charlotte antwortete auch gleich und lud mich zum Kaffeetrinken ein. Ich wurde dann zur verabredeten Zeit von ihr empfangen und in den Keller, in die Mulackritze geführt. Dort durfte ich mir einen Platz aussuchen, und sie fragte mich, ob ich einen Tee möchte. Ich sagte: »Warum nicht?« Da machte Charlotte einen Knicks vor mir, bedankte sich dafür, dass ich einen Tee haben wollte, und verschwand darauf. Das fand ich so nett und rührselig und dachte: Das ist ja süß! Ich hatte einen selbst gebackenen Frankfurter Kranz mitgebracht. Diesen Kuchen fand ich irgendwie so festlich, dass ich ihn unbedingt backen wollte. So saßen wir da unten bei Tee und Frankfurter Kranz. Ich bot ihr ein Stück an und noch eins und noch eins und dachte: Mann o Mann, die Frau kann aber essen! Obwohl wir drei Viertel des Kuchens aufaßen, bekam er uns beiden sehr gut, und Charlotte erzählte dabei Geschichte um Geschichte. Es war, als würde ein Buch aufgeschlagen. Ein phantastisches Bilderbuch, was sie mit Worten entwarf, aus Begebenheiten, die sie erlebt hatte. Man konnte nur gebannt zuhören, ist selbst nicht zu Worte gekommen, aber das war auch gar nicht nötig. Ja, und irgendwann waren viele Stunden vergangen, und wir mussten uns verabschieden. Vorher half ich ihr noch, das Geschirr in die Küche zu tragen. Die Küchentür war nur angelehnt, und in dem Augenblick, als ich Charlotte mit den Tellern in der Hand folgen wollte, wurde mir die Tür direkt vor der Nase zugestoßen. Das war S., eine der beiden Frauen, die bei Charlotte lebten. Sie wollte nicht, dass ein Fremder in ihren Privatbereich eindringt. Das verstand ich ja, aber sie hätte es mir auch anders klar machen können.

Gute Freundinnen: Charlotte mit ihrer Cousine Ilse Schartner

Ich habe mich dann immer wieder mit Charlotte verabredet. Unsere Abende wurden jedes Mal länger, und die ganze Zeit verbrachten wir damit, dass sie mir Geschichten aus ihrer Vergangenheit erzählte. Die endeten nicht und wiederholten sich auch ab und zu, aber wenn sie sich wiederholten, dann in haargenau derselben Form. Ich hatte immer das Gefühl, dass Charlotte in diesen Momenten mitten im Geschehen stand. Im Nachhinein frage ich mich, warum einige Leute ihre Geschichten in Zweifel gestellt und als bloßes Erzählen abgetan haben. Sie war eine gute und auch unterhaltsame Erzählerin. Sie hat an die Geschichten, die sie schilderte, geglaubt, und nicht nur das: Es war ihr eigenes Erleben. Nichts war mutwillig hinzugesponnen, es entsprang wirklich ihrer Erlebniswelt. Ich hatte nie das Gefühl, der Spinnerin aus Mahlsdorf gegenüberzusitzen. Die Daten, die sie nannte, waren alle nachvollziehbar. Man hat es an den Stellen bemerkt, wo sich unterschiedliche Geschichten und deren Daten überschnitten. Charlotte besaß dafür eine spezielle Gedächtnisstütze, weil sie regelmäßig Tagebuch führte. Es war ein gewöhnlicher Taschenkalender, den sie ganz eng beschrieb. Das hat sie wohl schon seit ihrer Schulzeit gemacht und darin jeden Tag ihres Lebens festgehalten. Zu der Zeit, als ich mit ihr zusammen war, hat sie aufgeschrieben: Mit dem und dem telefoniert oder gesprochen, da und da hingefahren, den und den getroffen. Sie notierte, wer zu ihr ins Gutshaus gekommen war, was sie gegessen hatte, wie das Wetter war, welche wichtigen Ereignisse für sie vorgefallen waren. All das hat sie in skizzenhafter Form notiert. Und als sie zum Ende ihres Lebens in einige unerfreuliche Rechtsfälle verwickelt wurde, sagte sie oft: »Da muss ich in meinen Kalender gucken, wann das war.«

Was aber gegenständliche Dinge betraf, war ihr Gedächtnis phänomenal. Charlotte besaß wirklich ein fotografisches Gedächtnis. Sie konnte bis ins kleinste Detail Zimmer beschreiben, die sie vielleicht vor dreißig Jahren einmal gesehen hatte. Sie brauchte auch nur einmal irgendwelche Inschriften an Häusern lesen – auch die lateinischen, die sie gleich übersetzte –, und das war dann für immer bei ihr gespeichert.

Charlotte verfolgte sehr, sehr interessiert alle aktuellen Geschehnisse, egal ob es die Innen- oder die Weltpolitik betraf, und hat sich durchaus ihre eigene Meinung dazu gebildet, vor allem bei sozialen Problemen. Obwohl man ihr das gar nicht zutraute und sie weder Zeitung las noch einen Fernseher oder ein Radio besaß. Dafür hatte sie ja viele Bekannte und natürlich auch die Museumsbesucher, mit denen sie sich über diese Dinge unterhielt. Außerdem telefonierte Charlotte stundenlang mit allen möglichen Leuten, was übrigens eine ihrer größten Leidenschaften war. In Schweden war es nicht anders. Die Leute haben ihr bergeweise Post geschickt. So war Charlotte immer bestens informiert.

Den Winter vor Charlottes Ausreise habe ich einige Monate bei ihr gewohnt. In dieser Zeit habe ich mich um alle häuslichen Dinge gekümmert, auch um das Essen. Ich versuchte, darauf zu achten, dass wir einen ordentlich gedeckten Frühstücks- und Mittagstisch hatten und einigermaßen geregelte Mahlzeiten stattfanden.

Das war aber oft nicht möglich, weil Charlotte so ihre Eigenheiten besaß. Ein wenig wie eine eigenwillige Diva. Essen war etwas Unwichtiges für sie. Ja, natürlich, ab und zu musste eingekauft werden: Brot, Quark und Joghurt. »Joghurt«, erklärte sie mir, »ist meine Droge.« Den hat sie sehr, sehr gern gegessen – und am liebsten Kamillentee getrunken. Dazu scherzte Charlotte immer: »Kamille war ihr Wille.« Sie fand zwar ein abwechslungsreiches Essen gut und schön, doch letztendlich blieb sie bei ihren Leibspeisen, der sehr einfachen Kost. War Charlotte aber bei irgendjemandem eingeladen, hat sie mit großem Appetit alles gegessen, was aufgetischt wurde.

Charlotte schwelgte oft in Gedanken an ihre Tante, das heißt eigentlich beständig. Sie lebte ja, zumindest in Gedanken, in der Vergangenheit. Vor allem in Erinnerung an ihre Tante Luise, ihren Onkel und die Mutter, von denen sie natürlich auch einige Gewohnheiten übernommen hatte. Ihre Tante aß wohl mehr oder weniger alles mit Tomaten, Möhren und Knoblauch und hauptsächlich vegetarisch. Charlotte erzählte mir dazu, dass sich die Köchin ihrer Tante darüber beschwerte, dass sie kein vernünftiges Fleischgericht kochen durfte, außer Falscher Hase, den es aber nur alle 14 Tage gab. Und genau wie ihre Tante liebte Charlotte eben auch Tomatengerichte und aß gern Knoblauch. Und wenn sie nichts weiter im Hause hatte, was eigentlich ständig der Fall war, gab es eben Stulle mit Knoblauch drauf.

Von den beiden Frauen habe ich damals nur S. am Rande kennen gelernt, B. war ja schon in Schweden.

Die Geschichte ging damit los, dass die beiden Frauen Charlotte einredeten, Deutschland wäre nach dem Überfall auf ihr Schwulen- und Lesbenfest für sie nicht mehr sicher. Damit hatten sie einen triftigen Grund, Charlotte zur Auswanderung zu bewegen. B. benutzte geschickt die Argumente von Charlottes Tante dafür und meinte: »Die Braunen kommen wieder.« Und das hat Charlotte natürlich nachgeplappert: »Die Braunen kommen wieder.« Damit hatten die beiden Frauen erreicht, was sie wollten. Als ihr Vorhaben dann durch die Presse ging, bekamen sie von verschiedenen Ländern Aufnahmeangebote, die sie aber alle ausschlugen, um sich schließlich für Schweden zu entscheiden. Irgendwann Mitte der neunziger Jahre fuhren B. und S. durch Schweden, um für Charlotte ein Häuschen zu suchen. Der Sage nach, so drücke ich es mal aus, ging das alles auf einen Traum von B. zurück, dass nämlich dieses Häuschen in einem Ort zu finden wäre, wo Wasser fließt. Angeblich soll es dann eine Intuition von ihr gewesen sein, dass die Villa Hamilton in Porla Brunn das Passende für Charlotte sei. Selbstverständlich empfand es Charlotte auch so, dass es eine Eingebung von B. war. Nachdem die Frauen das Anwesen gefunden hatten, riefen sie Charlotte an, die sofort nach Schweden flog und begeistert war, als sie dieses Jugendstilhäuschen sah. Auch der Ort gefiel ihr. Das musste er schon aus dem Grunde, weil dort früher Wasser gefördert wurde, worauf auch der Name Porla Brunn hindeutet: Stilles Wasser. So kam also Charlotte zu ihrem Haus in Porla Brunn. Zu der Zeit war das Verhältnis von Charlottes Seite zu den beiden Frauen noch sehr gut, und sie betonte immer wieder, dass es ja ihre gemeinsame Idee gewesen wäre auszuwandern. Charlotte legte es sogar so dar, als wäre es hauptsächlich ihr Plan gewesen. Sie wollte auswandern, und B. war die Vorhut, die alles vorbereiten sollte. B. und dieser M. hatten aber vor, hoch oben im Norden Schwedens bei den Samen zu leben, weil sie sich als Indianer fühlten, oder als Alternative dazu einen Öko-Bauernhof zu betreiben. Damit das Geld dafür fließen konnte, musste hier in Berlin die Möbelsammlung verkauft werden. Charlotte ahnte von alldem nichts, oder besser gesagt, sie wollte es nicht wissen. Jedenfalls hatte sie ihren Entschluss gefasst, von dem sie, so wie ich Charlotte kannte, auf keinen Fall zurückgetreten wäre. Außerdem waren schon zwei große Möbelzüge nach Schweden überführt worden, und die Sache war damit bereits gelaufen. Charlotte – das habe ich mitbekommen – wurde von den dreien wie ein kleines Kind behandelt. Auf ihre Bedürfnisse und Lebensgewohnheiten wurde nie Rücksicht genommen. Alles, was die drei ihr sagten oder befahlen, nahm sie meist sang- und klanglos hin, obwohl es ihr nicht gleichgültig war und sie innerlich manchmal vor Wut kochte. Und doch waren diese vier ein gewisses Konglomerat.

Als Charlotte nach Schweden kam, musste sie erst einmal alle Umzugskisten auspacken und die Zimmer mit den Möbeln einrichten, um so schnell wie möglich den Museumsbetrieb aufnehmen zu können. Ihre finanziellen Verhältnisse waren ja, wie sie selbst sehr bald bemerkte, alles andere als rosig. Ich habe Charlotte in dieser Zeit öfter besucht und stellte gleich beim ersten Mal fest, dass sie gar keine Küche besaß. Zum

Kochen stand ihr nur eine winzige Art Speisekammer von vielleicht zwei mal einem Meter mit einem Zweifeld-Elektrokocher zur Verfügung. Ihr Geschirr musste Charlotte in einem Mini-Waschbecken – mehr oder weniger einer Vogeltränke – abwaschen, das sich in der Toilette ihres Museumstraktes befand. Außerdem hatte sich ein beachtlicher Berg schmutziger Wäsche bei ihr angesammelt. Charlotte wusch ja sämtliche Sachen mit der Hand. Obwohl die beiden anderen Frauen jeden Komfort besaßen, musste sie sich grundsätzlich allein versorgen. Dabei gab es in Berlin noch einen richtig großen Einkaufsrummel, bevor alles nach Schweden ausgeschifft wurde. Es wurde eine Menge angeschafft: angefangen von der Waschmaschine bis hin zum fahrbaren Rasenmäher. Nur, bei Charlotte habe ich nichts von alldem vorgefunden. Dafür wussten B. und S., die sehr geschäftstüchtig waren, wo sich überall mit Charlotte Kapital herausschlagen ließ, und diese Einnahmen konnten sich wirklich sehen lassen.

Natürlich ist Charlotte aus allen Wolken gefallen, als ihr B. in Schweden erklärte, dass sie von ihr und ihrem Museumskram nichts mehr wissen wollte. Zwar kümmerte sich S. nach wie vor um den Verkauf der Eintrittskarten, doch die hatte auch bald keine Lust mehr dazu. Charlotte schrieb dann die Tageseinnahmen selbst auf, und S. verwaltete in der Zeit, bis sie wegzogen, nur noch die Kasse. Im Sommer kam schon ab und an ein Reisebus vorgefahren, und rund dreißig Personen wollten durch das Museum geführt werden. Das war Charlotte manchmal ein bisschen zu viel. Sie hatte ja bereits in Berlin bei den Führungen Schwierigkeiten mit ihren

Krampfadern und dem schwachen Herzen. Charlotte glaubte fest daran, dass B. eines Tages ihre Nachfolgerin werden würde, allein darum hat sie mit ihr zusammengelebt und B. schließlich auch adoptiert.

Meine Art der Beziehung zu Charlotte war eine besondere, wenigstens was mich betraf. Seit meiner frühen Kindheit sehnte ich mich nach einer richtigen Mutter. Ich habe zwar Mutter und Vater, aber von beiden leider nie das Gefühl einer liebevollen, engen Bindung erfahren. Aus dem Grunde hat mich Charlotte wohl allein durch ihr Wesen angezogen. Sie war eine sanftmütige Seele, das spürte ich sofort. Durch die Bekanntschaft mit ihr war ich sehr glücklich und stellte mir vor, dass sie meine Mutter wäre. Das Verhältnis von meiner Seite war daher wie das einer Tochter zur Mutter. So habe ich es empfunden und ihr auch so geschildert. Charlotte war sehr verständnisvoll und hat mich zeitweise auch liebevoll wie eine Mutter behandelt. Sie ist ja mit Kindern generell sehr herzlich umgegangen und war sehr kinderlieb. Erst mit 24 Jahren wurde ich durch Charlotte ein bisschen von dieser unstillbaren Sehnsucht nach einer engen Beziehung kuriert. Sie strahlte unendlich viel Wärme aus. Es war kein Problem, sie zu drücken oder mit ihr zu schmusen – all das, was meine Seele ein Stück geheilt hat. Ich habe einfach eine Mutter gesucht, mit der ich engsten, vertrauten Kontakt haben konnte. Schon anfangs, als ich sie nur zum Kaffeetrinken besuchte, war der Gedanke, dass ich wieder von ihr weggehen musste, für mich fast unerträglich. Charlotte hat sich immer gewünscht, dass andere in ihr eine Frau sehen, und für mich war sie wie eine Mutter.

Insofern war unsere Beziehung eine gewisse Erfüllung für uns beide. Ich konnte mit ihr über die intimsten Dinge reden, über alle alltäglichen Probleme, so wie ich es mir immer gewünscht hatte. Das war auch eine Sache, die sie auszeichnete. Vielleicht weil sie bekennender Transvestit und schwul war und das auch sehr offen und natürlich lebte. Sie selbst sah nie ein Problem darin, zum Problem haben es immer erst die anderen gemacht. Charlotte war ein Menschenfreund und die Sanftmut in Person. Es gab zwar auch andere Seiten an ihr, aber die alltägliche war die der sanften Persönlichkeit. Noch bevor ich ihr begegnete, machte mich allein der Gedanke betroffen, dass ich sie, aus welchen Gründen auch immer, nie kennen lernen würde. Ich weiß bis heute nicht, woher dieses Gefühl rührte. Der Name Charlotte von Mahlsdorf war ja damals nur ein Begriff für mich, der überhaupt nicht ausgefüllt war, und trotzdem zog sie mich an. Ich glaube, das war Glück für uns beide, denn sie selbst hatte auch keinen Halt mehr in der Familie, nachdem ihre Mutti verstorben war.

Als Charlotte in Schweden lebte, haben wir zwar regelmäßig, doch in größeren Abständen telefoniert. Sie erzählte ja gern und das manchmal stundenlang, da musste ich mir schon überlegen, wann ich sie anrief. Außerdem war für mich der persönliche Kontakt über das Telefon nicht so recht herzustellen, die Worte allein genügten mir eigentlich nicht. Einmal sprachen wir auch über ihren Weggang aus Berlin. Man kam aber mit diesem Thema nicht an sie heran. Charlotte hatte sich damit abgefunden: Das ist so, und so wird es bleiben, und sie werde schließlich auch in Schweden sterben. Ich habe die Angelegenheit damit auf sich beruhen lassen und gedacht: Wahrscheinlich ist es das Beste, wenn sich Charlotte einredet, dass es ihre persönliche Entscheidung war. Sie zog bei diesem Gespräch auch sofort wieder Parallelen zu ihrer Tante, die kurz nach dem Krieg mit fast siebzig Jahren aus Angst, dass die Nazis wiederkämen, nach England auswanderte, um mir darauf zu erklären: »Was die konnte, kann ich auch.«

Als ich noch nicht den Gedanken an eine eigene Familie hatte, überlegte ich oft, mit Charlotte in einem Haushalt zu leben. In dieser Hinsicht ist sie aber eine äußerst schwierige Person gewesen, weil sie mit ihren Vorstellungen vom Alltag doch nicht dem Durchschnitt entsprach. Was den normalen Tagesablauf betrifft, wäre ich wahrscheinlich sehr mit ihr ins Gehege gekommen. Ich vermisste zwar immer ihre Nähe, glaube aber, dass es auf engstem Raum mit uns beiden nicht geklappt hätte.

Leider erfuhr ich zu spät, dass Charlotte über Ostern in Altranft und Berlin gewesen ist, und war sehr traurig darüber. Als ich dann im Gründerzeitmuseum anrief, sagte man mir, dass sie schon wieder in Schweden sei, obwohl das nicht stimmte. So habe ich ihr an dem Tag, als sie hier in Berlin verstarb, noch Fotos nach Schweden geschickt. Sie sollte doch unbedingt meine Tochter, die kurz zuvor geboren worden war, kennen lernen. Ich hätte Charlotte so gern meine Tochter persönlich gezeigt. Sie wusste ja, dass ich seit einiger Zeit einen Freund hatte und ein Kindchen erwartete.

Simone Karras war eine Freundin Charlottes

Henry Schaaf

Der Jesus war schon ein interessanter Mann

Es muss so 1989 gewesen sein, als ich in der Anwaltskanzlei, in der ich während des Studiums mein Praktikum absolvierte, das erste Mal den Namen Charlotte von Mahlsdorf hörte und sie dann auch sah; wie sie dort, von zwei, drei Leuten flankiert, in das Besprechungszimmer ging. Jedenfalls bin ich damals recht erstaunt darüber gewesen, wer sich hinter dieser Person, Charlotte von Mahlsdorf, eigentlich verbirgt.

Eines Tages, ich war mittlerweile selbst Anwalt, rief mich ein Kollege an und fragte, ob ich einen Fall übernehmen und weiterführen würde – für eine gewisse Charlotte von Mahlsdorf, die Ärger mit dem Land Berlin habe. Da erinnerte ich mich sofort an die damalige Begegnung, obwohl inzwischen sieben oder acht Jahre ins Land gegangen waren. Interessiert schaute ich mir ihren Fall an und meldete mich dann bei Charlotte in Porla Brunn.

Im Mai 1997 war sie nach Schweden gezogen, kam aber im Jahr darauf nach Berlin, und wir lernten uns hier in der Kanzlei persönlich kennen. Charlotte erschien auch bei mir wieder mit einem Gefolge mehrerer Leute, und jeder versuchte, ihr in irgendeiner Form gute Ratschläge zu erteilen. Anfangs war es recht schwierig, mit ihr in direkten Kontakt zu treten, obwohl sie mir gegenübersaß. Außerdem war es für mich als Anwalt ungewöhnlich, dass ich das Problem meines Mandanten nicht mit ihm unter vier Augen besprechen konnte. Nun gut, in diesem Falle handelte es sich erst einmal darum, sich bei einer Tasse Kaffee miteinander bekannt zu machen. Charlotte fing auch gleich nach der Begrüßung zu erzählen an, und ich war relativ schnell in ihr Mitteilungsbedürfnis eingebunden. Sie liebte es ja, allen Leuten, die sie kennen lernte, sofort ihre Geschichten zu erzählen, schon allein, um deren staunende Gesichter zu sehen. Nach anderthalb Stunden kannte ich dann in groben Zügen ihre Lebensgeschichte, worauf sie ins Detail zu gehen begann. An dieser Stelle wurde Charlotte von ihren Begleitern aber relativ scharf darauf hingewiesen, dass dies doch ein sehr wichtiger Termin wäre und sie jetzt endlich auf den Punkt kommen solle. Das klappte jedoch nicht. Darum nahm ich mir für das folgende Treffen fest vor, nur mit ihr allein zu kommunizieren.

Unsere nächste Zusammenkunft fand dann – ohne größere Begleitmannschaft – im kommenden Winter in Schweden statt. In Porla Brunn wohnte ich in einem kleinen Hotel, das von einem deutschen Auswanderer geführt wurde. Wir hatten uns abends zum Essen verabredet, und nie werde ich dieses Bild vergessen, wie Charlotte auf das Hotel zukam, so forschen Schrittes, mit offenem Mantel und wehenden Haaren. Es gibt ja nur ein paar Häuser in Porla Brunn, die im Stil der Jahrhundertwende gebaut sind und schon von sich aus einen musealen Charakter ausstrahlen. Irgendwie gehörte und passte Charlotte nicht nur in die örtliche Kulisse, die wie für sie gemacht schien, sondern auch zu dieser Hand voll Menschen, die dort lebten. Anfangs war unser Gespräch ziemlich formal, und ich berichtete ihr über den Stand der Dinge, wie er sich zwischenzeitlich in ihrer Angelegenheit ergeben hatte. Es dauerte aber keine zwanzig Minuten, da war sie mit ihrer Aufmerksamkeit schon wieder vollkommen weit weg, nach dem Motto: Dafür sind Sie als mein Anwalt zuständig, das machen Sie und das machen Sie gut, und damit ist gut. Man konnte Charlotte mit solchen für sie doch recht wichtigen Formalitäten nicht lange fesseln. Die ganze Sache schweifte ziemlich bald in Charlottes eigene Welt ab. Was natürlich für mich absolut interessant war, zumal von meiner Seite her an diesem Abend kein Grund mehr vorlag, sie bei ihrem Geplauder zu unterbrechen. Charlotte erzählte mir, wie sie es genoss, mit dem Fahrrad gut zehn Kilometer quer durch den Wald in die nächste Stadt zu fahren, um dort einzukaufen. Auch im Winter! Sie mache das regelmäßig, und dabei wäre ihr sogar einmal ein Elch begegnet, der ihr den Weg versperrt hätte, meinte sie begeistert. So erzählte sie eine Story nach der anderen, und ich kam gar nicht dazu, an irgendeiner Stelle nachzufragen, weil sie in einer so fesselnden Art zu berichten verstand, immer von einem zum nächsten Punkt übergreifend. Wenn ich wirklich mal etwas hinterfragte, rankte sich darum sofort wieder eine neue Geschichte, aber Charlotte fand auch relativ schnell zum eigentlichen Faden zurück.

Später habe ich festgestellt, dass sie manchmal ein und dieselbe Sache ganz, ganz anders erzählte. Deshalb sollte vielleicht jede ihrer Geschichten, die ja für sich genommen sehr schön anzuhören waren, auch immer als solche bewertet werden. Bis tief in die Nacht – so gegen zwei Uhr – saßen wir beide in der Hotelhalle zusammen. Jürgen, der Hotelier, war schon längst zu Bett gegangen, während Charlotte erzählte und erzählte und mir ein wunderbares Bild aus einzelnen Geschichten präsentierte.

Als ich das Gehörte am nächsten Morgen Revue passieren ließ, entstand ein buntes Kaleidoskop dieser anregenden Stunden mit ihr, und da kam mir schon der Gedanke: Eigentlich müsste man das alles notieren. Charlotte zeigte mir dann ihr Museum und führte mich auch zu einer winzigen Kirche, die gar nicht weit von ihrem Hause entfernt stand. Es ist wirklich eine ganz kleine Kirche, in der höchstens 15 bis 20 Menschen Platz finden. Dort wollte ich von ihr wissen, was sie überhaupt von der Kirche hält, und sie antwortete mir überraschend: »Ja, der Jesus war schon ein ganz interessanter Mann, und er war ja auch schwul, wie jeder weiß. Oder was meinen Sie, was der mit seinen Jüngern die ganze Zeit über getrieben hat?« Darauf fragte ich Charlotte, ob sie dieses Thema schon einmal mit einem Geistlichen besprochen hätte. »Och, schon häufiger«, meinte sie, »und es gab dann meistens auch Streit.«

Genauso interessierte mich, warum sie ausgerechnet nach Porla Brunn gezogen ist, und Charlotte erzählte, dass diesen Ort die beiden Frauen, B. und S., entdeckt hätten. Ihr selbst gefiel er auch gleich, weil sie vor ihrem geistigen Auge sofort sehen konnte, was zu machen wäre, um dieses kleine Städtchen, das um die Jahrhundertwende noch ein Kurort war, wieder zum Leben zu erwecken. Charlotte schwebte vor, die alte Eisenbahnstation, die ein paar Kilometer von Porla Brunn entfernt liegt, wieder in Betrieb zu nehmen. Gäste und Besucher wollte sie dann, wie in guten alten Zeiten, mit Kutschen abholen lassen. Sie hatte Visionen ohne Ende.

Man fragt sich natürlich: Wie haben die Bewohner Porla Brunns das aufgenommen, als diese schillernde Persönlichkeit bei ihnen erschien und relativ viel Leben in diesen kleinen Ort brachte? Ich bekomme den Satz leider nicht mehr zusammen. Jedenfalls war es ein so schöner, markanter Satz, als Charlotte einmal vor laufender Fernsehkamera zu diesem Punkt befragt wurde und sie daraufhin meinte: »Ja, wenn die Leute mich nicht beißen, ich beiße sie auch nicht ...« Sie hatte offenbar doch einige Berührungsängste, obwohl man ihr das gar nicht zutraute. Charlotte wurde aber sehr schnell integriert, denn die Leute aus Porla Brunn fanden gut, was seitdem in ihrem Städtchen passierte. Wenn wir uns in Berlin trafen, sagte sie meist: »Ich komme immer gern her, doch eigentlich bin ich froh, wenn ich auf dem Weg zurück nach Schweden bin.«

Einmal habe ich Charlotte sagen hören – aber das hing wohl auch mit dem ganzen Ärger der Finanzierung ihres Hauses dort oben zusammen –, dass sie wieder nach Berlin möchte. Das war im Herbst oder Winter, zu einer Zeit, als ich sehr häufig telefonisch mit ihr in Kontakt stand. Im Sommer würde sie, glaube ich, so etwas nie gesagt haben, aber an den langen Winterabenden, wenn sie oft ganz allein war, da kam dann irgendwann der Satz: »Wissen Sie, mich zieht es ja doch nach Berlin.« Sonst hörte ich häufiger: »Berlin, schön, schön, macht mir auch viel Spaß, aber da oben, in Schweden, bin ich jetzt zu Hause.« Sie hat es trotzdem sehr genossen, ab und an mal aus Porla Brunn wegzukommen. Sicherlich war es ihr wichtig, dass man sich hier in Berlin auf sie freute und sich mit ihr als öffentliches Thema beschäftigte – leider auch immer wieder im negativen Sinne, obwohl sie aber, meiner Meinung nach, ziemlich darüber stand. Das war eben der bewusste Rummel um sie, und den fand Charlotte teilweise gar nicht so verkehrt. Schon deswegen waren diese Berlin-Besuche eine angenehme Abwechslung für sie.

Als ich das erste Mal nach Schweden kam, wohnte Charlotte nicht mehr mit B. und S. zusammen. Die Frauen hatten sich zu der Zeit schon ein eigenes Haus, zirka sechzig Kilometer von Porla Brunn entfernt, gekauft. Genau um dieses Thema rankten sich eine Menge rechtlicher Fragen, die ich damals für Charlotte klären sollte. Dazu muss ich sagen, dass die vorangegangenen Umstände, die schließlich zu diesen schwierigen Problemen führten, symptomatisch für Charlotte waren. Wie mir schon mein Eindruck nach unserer ersten Begegnung bestätigte, gab es ständig Leute um sie herum, die sich mehr oder weniger hilfreich um sie kümmerten. Leider Gottes nicht immer nur uneigennützig, und Charlotte hatte das Problem, dass sie sehr vielen Menschen sehr leicht vertraute. Sobald jemand für Charlotte Sachen regelte, die sie allein nicht hätte bewältigen können, brachte sie dieser Person absolutes

Vertrauen entgegen, und das hat ihr etliche Male riesigen Schaden zugefügt. Es war aber ihr Naturell, und von diesem Verhaltensmuster konnte sie sich nie lösen.

Die Problematik mit der ursprünglich von ihr beabsichtigten Stiftungsgründung ließe sich auch in diese Kategorie einordnen. Charlotte machte sich ernsthaft Gedanken darüber, was später einmal mit ihren Sammlungen werden sollte, zweifelte aber nie daran, dass das Berliner Gutshaus Museum bleiben würde. Ihre Vorstellung ging dahin, dass alles, was sie im Laufe ihres Lebens zusammengetragen hatte, als Sammlung insgesamt erhalten bleiben sollte, aber mit verschiedenen Standorten: also das Berliner Gründerzeitmuseum, das Altranfter Schloss in Brandenburg und in Porla Brunn die Villa Hamilton. Charlotte fragte mich, wie man das regeln könne, ob man das überhaupt regeln könne, und beantwortete im gleichen Atemzuge die Fragen selbst: »Wird man sicher regeln können, das ist ja ganz klar!« Ja, und so entstand die Idee, eine Stiftung zu gründen. Begeistert von dieser Lösungsvariante bat sie mich, dass ich die Angelegenheit schnellstens forcieren sollte. Bis ich dann eines Tages in diesem Zusammenhang wieder einmal nach Porla Brunn kam und sie mir kurz und bündig erklärte, die Sache mit der Stiftung würde von ihr nicht mehr fortgeführt werden. Weil es, so ihre Argumente, für sie doch vollkommen undenkbar wäre: Wer solle das finanzieren? Sie könne sich jetzt auf ihre alten Tage nicht noch hoch verschulden und dergleichen. Das stand damals aber nie zur Debatte. Mir wurde bei unserem Gespräch jedenfalls ganz deutlich klar, dass diese Entscheidung nicht von Charlotte stammen konnte. Sie musste ihr von Seiten Dritter nahe gebracht worden sein, aus welchen Gründen auch immer. Es ist kaum vorstellbar. Ich bin damals extra nach Porla Brunn gefahren, um ihr den Satzungsentwurf vorzulegen. In Berlin waren schon teilweise die Voraussetzungen für die Stiftungsgründung geschaffen worden, und selbst die Frage, wie das Genehmigungsverfahren ablaufen sollte, nach schwedischem oder nach deutschem Recht, war bereits geklärt. Letztendlich diente mein Besuch nur noch der Abklärung bestimmter Details. Einen Tag vor meiner Abreise aus Berlin haben wir sogar noch telefonisch darüber gesprochen, und dann war die ganze Sache in null Komma nichts für sie erledigt. Charlotte war jedoch die Herrin des Verfahrens, und somit war die Sache auch für mich erledigt. Sie kam auch nie wieder auf dieses Thema zurück. Das war bis zum Schluss Charlottes Verhängnis, dass sie so leicht beeinflussbar gewesen ist.

Nur durch den Verkauf ihrer Berliner Sammlung konnte Charlotte nach Porla Brunn ziehen, und das hat sie auch so akzeptiert. Als sich nach ihrem Weggang dann ein Förderverein für das Mahlsdorfer Gutshaus gründete, ist ihr ein Stein vom Herzen gefallen, und plötzlich waren alle vorangegangenen Schwierigkeiten wieder vergessen. Die finanziellen Mühen, mit denen der Verein von Anfang an zu kämpfen hatte, um den Museumsbetrieb am Laufen zu halten, waren für sie im Nachhinein unwichtig. Sie fand die Arbeit des Fördervereins zwar ganz toll, hat es auch immer wieder betont, aber sie kam nie auf die Idee nachzufragen: Wie macht und schafft ihr das nur? Das war für Charlotte einfach selbstverständlich, weil sie davon ausging: Natürlich gibt es noch andere Menschen, die genauso denken wie ich, die werden meine Sammlung erhalten, und der Staat macht mein Museum schon nicht zu. Um organisatorische Dinge, diese »Kleinigkeiten«, wie sie das immer nannte, hat sie sich nie ernsthaft gekümmert. Das ihr diese so genannten Kleinigkeiten manchmal über den Kopf wuchsen, bekam Charlotte schon mit. Wenn sie dann aber Lösungen dafür gefunden hatte, waren solche Vorfälle ganz schnell wieder aus ihrem Gedächtnis gestrichen. Diese Art der Verdrängung war vielleicht auch notwendig, sonst hätte Charlotte in ihrer Aufgabe nicht so aufgehen können. Sie war dazu berufen, die Möbel und Dinge aus *ihrer* Gründerzeit zu bewahren und sich darum zu kümmern. Um sie anderen Menschen zu präsentieren, ihnen zu zeigen, wie schön in Charlottes Augen das damalige Leben gewesen ist.

Ich weiß, dass Charlotte sehr stolz darauf war, dass sie sich am Telefon auf Schwedisch melden konnte. Sie war auch in der Lage, auf Schwedisch zu bestellen, als wir im Restaurant saßen – jedenfalls das Wenige, was sie essen wollte. Auf alle Fälle konnte sie sich verständlich machen und mir auch sagen, was »danke« und »bitte« auf Schwedisch heißt. Das waren so ihre Standards, mit denen sie im Alltag aber prima zurechtkam. Natürlich bekam sie auch in Schweden Zulauf, hauptsächlich von Deutschen, die Charlotte persönlich kannten, und von ihren schwedischen Freunden, die sich sehr rührig um sie bemühten. Doch das hat bei weitem nicht ausgereicht, dass sie ihren Lebensunterhalt davon hätte bestreiten können.

Charlotte brauchte zwar hin und wieder einen ruhigen Ort, an den sie sich zurückziehen konnte, um ihre Notizen zu machen, zu schreiben oder zu lesen, aber im Großen und Ganzen war es ihr, zumindest in den letzten Jahren, ein bisschen zu einsam in Porla Brunn. Davon gehe ich aus.

Henry Schaaf ist Rechtsanwalt

Monika Schulz

Charlotte war ein Junge, der immer ein Mädchen sein wollte

Seit Charlotte den Entschluss gefasst hatte, nach Schweden auszureisen, machte sich sie natürlich Gedanken, was mit dem Mahlsdorfer Museum passieren würde. Ihre größte Sorge war, dass es für immer geschlossen bleiben würde. Sie hat oft mit dem ehemaligen Historiker, Herrn W., darüber gesprochen. Über ihn lernte ich Charlotte auch kennen. Wir beide haben uns durch ihre sympathische Art sehr schnell angefreundet und gegenseitig ins Herz geschlossen. Ein Mensch, der so wie Charlotte lebte, war eine ganz neue Erfahrung für mich. Trotzdem war sie in meinen Augen immer eine Frau, ich habe sie nie als Mann gesehen. Wenn jemand Lotharchen oder so zu ihr sagte, habe ich einfach vorbeigehört.

Zwei Tage vor Charlottes Abreise fand mit den Vertretern des Berliner Kulturamtes die schriftliche Übergabe ihrer Sammlung statt. Bei der Gelegenheit fragte ich sie, wer nun auf das Museum aufpassen würde. Charlotte gab mir daraufhin einen Schlüssel für das Gutshaus, und das Bezirksamt setzte dann als Übergangslösung die ersten zwei Wochen einen Wachschutz ein. In der Zeit haben wir, Herr W., Herr H. und ich, uns entschlossen, einen Förderverein zu gründen, um so das Museum weiterführen zu können, wobei sich die komplizierten Eigentumsverhältnisse als ein recht schwieriger Ausgangspunkt für unser Vorhaben erwiesen. Zwar gehörte Charlotte noch das Gutshaus, aber die Möbel, die darin standen, gehörten ihr nicht mehr.

Jedenfalls habe ich in der Anfangsphase dort unten im Keller auf einer Matratze geschlafen. Was für mich ganz schön abenteuerlich war, in einem so großen Haus, das man nicht kennt, etliche Nächte allein zu verbringen. Vor allem wegen der fremden Geräusche, die ziemlich gruselig waren. In dieser Zeit habe ich viel mit Charlotte telefoniert, und sie beruhigte mich dann immer: »Du brauchst keine Angst zu haben, unter diesem Dach wohnen gute Geister.« Ich werde auch nie vergessen, wie mich meine Mutter eines Tages besuchen kam und fragte, ob ich nun total verrückt geworden sei, hier im Keller nur auf einer Matratze zu schlafen.

Anders als über die Gründung eines Vereins hätten wir aber niemals Zutritt zum Gutshaus erhalten. Der Bezirk wäre doch finanziell gar nicht in der Lage gewesen, Haus und Sammlung auf Dauer zu übernehmen. Im Juni 1997 hat unser Verein damit angefangen – wie vorher Charlotte –, jeden Sonntag Führungen zu machen. Um möglichst zahlreiche Gäste anzulocken, haben wir damals viel improvisiert. Die ersten Male fiel es mir, ehrlich gesagt, schwer, Charlottes Führungen zu übernehmen. Obwohl ich das meiste noch von ihr selbst erfahren habe, fehlt mir doch ihr enormes Hintergrundwissen.

Als ich zu Charlottes Museumseröffnung nach Schweden fuhr, erwartete mich dort keine gute Stimmung. Wir nahmen eigentlich alle an, Charlotte und B.

würden gemeinsam das Museum eröffnen, stattdessen herrschte eine äußerst gespannte Atmosphäre, die sich niemand von uns erklären konnte. Bald stellte sich dann heraus, dass das, was sich Charlotte für Schweden erhofft hatte, nicht funktionierte, weil die beiden Frauen von Anfang an etwas ganz anderes vorhatten. Zum damaligen Zeitpunkt ging ich auch noch davon aus, Charlotte hätte nach dem Verkauf ihrer Berliner Möbelsammlung endlich einen finanziellen Rückhalt. Die kleine Rente und die Einnahmen aus dem schwedischen Museumsbetrieb reichten doch bei weitem nicht, um dort ihren Lebensunterhalt abzusichern und die Kosten für das stark verfallene Haus zu tragen. Wir merkten bald, dass Charlotte dringend Geld benötigte, und mussten einfach zusehen, wie wir ihr mit den wenigen Mitteln, die uns zur Verfügung standen, helfen konnten. Unser Verein hatte schon aus eigenem Interesse den Wunsch, das Mahlsdorfer Gutshaus zu kaufen, um Fördermittel für die Sanierung beantragen zu können. Wir einigten uns mit Charlotte, das Haus auf Mietkaufbasis zu erwerben, so stand ihr monatlich wenigstens etwas mehr Geld zur Verfügung. Mit fremder Unterstützung schafften wir es dann sogar, die Restsumme noch vor ihrem Tode an sie auszuzahlen.

Zur gleichen Zeit versuchte dieser M., dem Charlotte in ihrer Arglosigkeit eine Generalvollmacht für ihr Konto übertragen hatte, von Schweden aus das Gutshaus hier in Mahlsdorf zu verkaufen. Das gab damals viel Aufregung und Ärger. Immer wieder ist Charlotte in Situationen gerutscht, in denen sie schamlos ausgenutzt wurde, hat Leuten vertraut, die ihr im Endeffekt geschadet haben. Das war wirklich schlimm. Aber ihre alten Freunde haben trotzdem zu ihr gehalten, haben ihr vieles verziehen und nicht übel genommen. Charlotte war ein Mensch, dem man überhaupt nicht böse sein konnte. Dass sie ausgenutzt wurde, konnte aber keiner von uns verhindern; da war etwas wie eine Mauer in ihr, die man leider nie durchbrach.

Uns geht es wie Charlotte, auch wir müssen ständig darum kämpfen, das Gutshaus und den Museumsbetrieb aufrechtzuerhalten. Aber Charlottes Lebenswerk und sie selbst haben uns bisher nicht aufgeben lassen. Es war verrückt, ja abenteuerlich, unter welchen Umständen sie, die finanziell nie abgesichert war, das Haus damals bewohnbar und zu einem Museum machte. Vielleicht sind wir ja auch etwas abenteuerlich, aber irgendwie wollen und müssen wir es für Charlotte schaffen, die Sammlung zusammenzuhalten. Schließlich ist das Museum *ihr* Denkmal, das sie sich selbst gesetzt hat, und dessen Motto immer war: Museum mit Herz, Museum zum Anfassen.

Nachdem sich die beiden Damen und dieser Herr M. in Schweden von Charlotte abgesetzt hatten, machte sich unser Verein ernsthaft Sorgen um ihre Zukunft. Wir dachten, da sie nun allein war und eventuell nicht klarkommen würde, dass Charlotte wieder zurück nach Berlin kommen oder den Sommer über in Schweden bleiben und den Winter in Berlin verbringen wollte, und schlugen ihr deshalb vor, eine Stiftung für die Sammlungen zu gründen. Charlotte hätte in ihrem geliebten Kreuzberg eine Wohnung beziehen und hier ihre eigene Museumsdirektorin mit einem entsprechenden Gehalt werden können und nur dann zu kommen brauchen, wenn sie Lust dazu gehabt hätte. Und wir als Verein hätten uns um alles andere gekümmert. Es sollte nicht sein. Im letzten Augenblick entschied sich Charlotte gegen die Stiftungsgründung, weil sich in Schweden schon wieder jemand an ihrer Seite befand, der sie massiv beeinflusste. Zum Ende ihres Lebens bewahrheitete sich dann, was wir befürchtet hatten und mit der Stiftung verhindern wollten: Sie war in Porla Brunn mit allem überfordert und ziemlich einsam.

Weil Charlotte schon lange gesundheitlich etwas angeknackst war, hat es unser Verein weitestgehend vermieden, sie für das Gutshaus zu vermarkten. Zum vierzigsten Geburtstag des Gründerzeitmuseums hatten wir jedoch überall bekannt gegeben, dass sie nach Mahlsdorf kommen würde. Es waren wahnsinnig viele Besucher anwesend. Charlotte, die an diesem Tag alle Führungen übernommen hatte, erkältete sich ziemlich schlimm. Das blieb uns immer im Hinterkopf, von da an respektierten wir bei ihren Berlin-Besuchen Charlottes Privatbereich. Sie hat dann selbst die Leute angerufen und eingeladen, wenn sie eine Führung machen wollte. Wenn sie es einrichten konnte, war Charlotte mindestens dreimal im Jahr in Berlin. Meist hatte sie dann auch einen Arzttermin und schlief darum manchmal hier im Museum. Wir haben sie umsorgt, mit ihrer »Droge Joghurt« und Suppe versorgt, haben mit ihr zusammen in der Mulackritze gefrühstückt, haben erzählt und uns gefreut, dass sie wieder einmal bei uns war. Es war immer eine schöne, familiäre Atmosphäre.

Das letzte Mal kam Charlotte am Sonntag, dem 27.

April, zu uns. Samstag gab sie eine Lesung in Altranft und wollte eigentlich noch am selben Abend nach Mahlsdorf, um im Gutshaus zu übernachten. Hier war aber die Heizung ausgefallen, darum überredete ich sie, in Altranft zu bleiben und erst am nächsten Morgen zu kommen. Wir hatten ihr dafür ein schönes Frühstück bereitgestellt, das Charlotte aber gar nicht in Ruhe essen konnte, weil schon ein Mann auf sie wartete, der sie in ein Studio zu irgendwelchen Tonaufnahmen fahren sollte. Außerdem bekamen die anwesenden Besucher sofort mit, dass Charlotte im Haus war, worauf sie natürlich gleich eine kleine Führung zu machen begann. Das hat ihr auch gefallen, aber ich war entsetzt, wie gehetzt sie an diesem Vormittag wirkte. Zwei Tage später ist Charlotte dann verstorben.

Nachdem der schwedische Staat Charlottes Erbe ausgeschlagen hatte, überließ die Familie Berfelde unserem Förderverein ihre Sammlung als Leihgabe, und so konnten wir sie zurück in das Mahlsdorfer Gutshaus holen. Darüber sind wir natürlich sehr glücklich, und ich bin fest davon überzeugt, Charlotte wäre es auch gewesen.

Als wir in Schweden ihr Haus ausräumten, waren wir schockiert über dessen maroden Zustand, der weitaus schlimmer war als der des Gutshauses. Zu Charlottes Anwesen in Porla Brunn gehörten drei Häuser: die Villa Hamilton, in der das Museum untergebracht war, unmittelbar daneben ein kleineres Häuschen, in dem zuerst B. und S. gewohnt hatten, und ein Bungalow. Bei Charlottes Einzug befanden sich in der Villa nur zwei kleine Toiletten, von denen eine nicht mal funktionierte. Das war wirklich ein schrecklicher Zustand. Darum hatten wir unter unseren Vereinsmitgliedern Geld gesammelt und es Charlotte zum Geburtstag geschenkt, damit sie sich davon ein Bad einbauen lassen konnte. Sie hat das Bad dann auch einbauen lassen, aber nicht bei sich, sondern im Nachbarhaus, wo zu dieser Zeit schon ihre neue Bekannte wohnte. Dort durfte Charlotte – wie sie uns beteuerte – baden, so oft sie wollte. Ja, so war Charlotte.

Ein Bild wird mir nie aus dem Sinn gehen. Nachdem offiziell bekannt gegeben worden war, dass Charlotte gestorben war, kamen die Mahlsdorfer Kindergartenkinder, die hier regelmäßig im Gutspark spazieren gehen, und alle hatten eine Blume mitgebracht. Einige Kinder erklärten uns sogar: »Charlotte war ein Junge, der doch immer ein Mädchen sein wollte.« Das haben schon die Kleinen verstanden. Da hat Charlotte etwas in den Herzen der Menschen erreicht, was einmalig ist.

Eigentlich ehrt die Stadt Berlin Charlotte viel zu wenig. Sie wissen gar nicht, was Charlotte, selbst über die Ländergrenzen hinweg, für eine Persönlichkeit war.

Und wenn Charlotte stets behauptete, hier im Gutshaus gibt es nur gute Geister, schwebt ja vielleicht ihr Geist jetzt auch durch diese Räume.

Monika Schulz ist Geschäftsführerin des Gutshauses Mahlsdorf

Jens Taschner

Im Gutshaus war es wie in einer großen Spielzeugkiste

Ich war sieben Jahre alt, als ich 1980 das erste Mal mit meinem Daddy in das Gutshaus kam. Damals ging sein Regulator kaputt, und er hatte von Lothar gehört – so ein Verrückter mit alten Sachen und Uhren, der auch weiß, wie man die wieder ganz macht. Na ja, im Umgangston hieß er eben »der Verrückte«. Ich war dann mehrere Male mit meinem Vater in seinem noch mehr oder weniger privaten Museum, das kaum jemand kannte. Lothar oder Charlotte hatte die Eigenart, kleinen Kindern aber auch wirklich alles bis ins kleinste Detail zu zeigen. Stundenlang sind wir durch das Gutshaus gerannt, selbst auf den Dachboden. Die ist mit mir in die winzigsten Ecken gekrochen, und hast du irgend etwas in die Hand genommen, was du nicht kanntest, hat sie es dir stundenlang erklärt.

Ich kann es nicht mehr genau nachvollziehen, aber es ist so gewesen, dass meine Eltern zu der Zeit als Musiker viel unterwegs waren. Und weil den beiden Charlottes Kinderliebe ziemlich imponierte, haben sie mich öfter zu ihr ins Gutshaus verfrachtet. Dann war ich manchmal einen ganzen Tag bei ihr oder sogar über Nacht. Klar gefiel es mir, es war lustig, ständig was Neues zu entdecken. Hier drinnen war es wie in einer großen Spielzeugkiste. Du hast immer etwas gefunden, was superinteressant war. Ich kann nicht mal sagen, wie Lothar damals angezogen war. Über Menschen an sich habe ich mir in dem Alter noch keinen Kopf gemacht. Ob der nun mit Schürze oder ohne lief, war mir egal. Wenn ich es mit den Aussagen anderer und alten Fotos vergleiche, würde ich sagen: Lothar ist noch als Lothar rumgerannt.

Das war zu der Zeit, als noch die alte Frau Daumann im Gutshaus herumdüste und für ihn kochte und sauber machte. Und mein Vater fing dann an, für Charlotte das Essen einzukaufen. Frau Daumann hat den Laden geschmissen, sie war die gute Seele des Hauses. Das lief so nach dem Muster: »Lothar, das Essen ist fertig.« Nach anderthalb Stunden hat sie gerufen: »Lothar, das Essen ist immer noch fertig.« Und nach drei Stunden ist er dann vielleicht gekommen. Charlotte hat sich selbst nie was gekocht, die hat sogar das Essen oft vergessen. Im Prinzip war Frau Daumann ihre Haushälterin. Bis eines Tages die beiden Tussen, B. und S., auftauchten. Die große Wende in seinem Leben, die negative Wende, haben diese beiden Frauen gebracht. Das war auch der Zeitpunkt, als Lothar dann einfach zu Frau Daumann sagte: »Jetzt kannst du gehen.« Sie war total sauer auf ihn. Jedenfalls ist er oder sie oder wie auch immer damals noch in Männerklamotten rumgerannt.

Die eigentliche Konfrontation mit diesem Thema brachte für mich der Film »Ich bin meine eigene Frau«, der 1991 über Charlotte gedreht wurde. Erst da habe ich bewusst wahrgenommen: Er ist ja doch anders als ich. Bis zu dem Zeitpunkt, als der Film gedreht wurde, war er für mich Herr Berfelde. Und dass aus Lothar

Dienstmädchen bei einer netten Herrschaft der Jahrhundertwende

Charlotte wurde, ist mit dem Film gekommen, es war wie eine Umbruchphase. Das entwickelte sich, seitdem diese beiden Frauen bei ihm waren und sein Schwulsein, Anderssein gnadenlos vermarkteten. Charlotte in den schillerndsten Farben – das stand in jedem Raum an der Decke, auf ihrer Stirn, auf allen Klamotten, das stand in sämtlichen Tageszeitungen, Talkshows. Das war die Zeit, in der es sich einbürgerte, dass alle Charlotte zu ihm sagten. Und dann habe ich ihn eben auch so genannt. Dabei ist, meiner Meinung nach, etwas falsch gelaufen: Sie wurde von ganz vielen Leuten nur über ihre Sexualität beurteilt. Dabei war Charlotte in diesem Punkte zurückhaltend bis zum geht nicht mehr. Klar, sie hat die Sache normal ausgelebt, wie es jeder macht, aber es war für sie nicht 24 Stunden am Tag *das* Gesprächsthema.

Nachdem ich mein Musikstudium begonnen hatte, blieb mir kaum noch Zeit, Charlotte regelmäßig zu besuchen. Erst als ich keine Räume zum Üben fand, fiel mir das Gutshaus wieder ein, und ich fragte sie, ob ich bei ihr üben dürfte. Ich saß dann oft bis nachts um ein, zwei Uhr im großen Saal, während Charlotte im Keller werkelte oder irgendwo auf Tour war. Weil Charlotte, wenn sie unterwegs war, ewig Angst vor Einbrüchen hatte, musste ständig jemand auf das Haus aufpassen. Kam ich dann zum Üben, waren plötzlich alle drei weg. Charlotte befand sich auf irgendeiner Talkshow oder woanders, und die beiden Weiber haben sich regelmäßig eine Taxe bestellt und sind in ihre Lesbendisco nach Charlottenburg abgehauen. Ich dachte: Wie geht so was? Das kostet doch ein Vermögen. Manchmal lagen Rechnungen von irgendwelchen Weinhäusern offen auf dem Tisch, dann hatten die sich für fast tausend Mark Wein bestellt. Von diesem Dreiergestirn – B., S. und dieser M., der später noch dazu kam – ging aber keiner arbeiten. Charlotte rannte von einer Talkshow zur anderen und erzählte immer, sie hätte kein Geld und lebe nur von ihrer kleinen Rente, andererseits haben die das, was sie sich vom Munde absparte, aus dem Fenster geschmissen. Charlotte nahm aber alle drei in Schutz, und das auf ihre altertümliche Art. Diesen M. hat sie als Haus- und Hofmeister bezeichnet, wirklich im Geiste von 1900.

Zur gleichen Zeit drang von außen, von Lottchens alten Freunden, durch: Was ist da los? Man kommt ja gar nicht mehr an Charlotte heran, die ist so eigenartig geworden. Als Krönung des Ganzen wurde ihr von den »Damen« suggeriert, dass es wieder gefährlich sei, in Deutschland zu leben. Diese Schnapsidee mit Schweden hat sie nur den beiden Weibern zu verdanken. Aber man konnte Charlotte nie von ihrem einmal gefassten Willen abbringen. Hatte sie sich etwas in den Kopf gesetzt, war sie wie ein verknöchertes Wesen. Das war dann auch nicht mehr rational. Ja, und kurz nachdem dann das Museum in Schweden eröffnet war, sind die drei mit dem Geld, das Charlotte für den Verkauf ihrer Sammlung von der Stadt Berlin erhalten hatte, verschwunden. Sie war eben einfach gnadenlos gutgläubig, darum hat sie ja auch sonst was unterschrieben, ohne es vorher durchzulesen. Für Charlotte galt: Die Menschen sind alle gut. Und irgendwie ist das in einer Katastrophe geendet.

Das wirtschaftliche Desaster erlebte sie dann in Schweden. Von den paar Kröten, die ihr zur Verfügung standen, nachdem ihr Konto abgeräumt war, konnte Charlotte das Museum finanziell gar nicht tragen. Im tiefsten schwedischen Wald, wo im Winter sowieso nichts mehr geht und nach allen Himmelsrichtungen die nächstgrößere Stadt ungefähr 280 Kilometer entfernt liegt, dieses kulturelle Objekt zu betreiben, war die Fehlentscheidung ihres Lebens. Hinzu kommt, dass die Schweden völlig desinteressiert an der Gründerzeit sind. Charlotte ist mit den dreien mitgegangen, weil sie in eine Jugendstilvilla ziehen konnte. Die war zwar auch hoffnungslos überteuert, passte aber erst einmal in ihr Weltbild. Und da sie damit, diesen maroden Kasten wieder einigermaßen bewohnbar zu machen, eine neue Aufgabe hatte, konnte sie sich über die Realität hinwegtrösten. Ihr Museum in Schweden lief überhaupt nicht – und das vom ersten Tag an. Charlotte redete sich eine Sache so lange schön, bis sie selbst daran glaubte. Die paar Kröten, die sie dort einnahm, davon konnte sie nicht das Fundament erneuern, nicht das Dach decken lassen, das vollkommen im Eimer war, keine kaputte Heizung und auch keine undichten Fenster reparieren, durch die es ständig reinregnete. Charlotte hat Sachen gemacht, wo jeder normale Mensch sagt: »Das ist unmöglich, das gibt es nicht.« Um ihr Dach in Schweden zu sanieren, hat sie einen Kredit auf das Haus aufgenommen. Das heißt, auch alles was sich im Haus befand, wurde mit einer Hypothek belastet. Um das, was sich im Haus befand – nämlich ihre Möbel –, vor Witterungseinflüssen zu schützen, hat sie diese gleichzeitig gefährdet. So oder ähnlich lief alles bei Charlotte ab. Das zog sich wie ein roter Faden durch ihr ganzes Leben.

Irgendwie war sie ein bisschen wie ihre Mutter. Die Mutter hat alles, was Charlotte getan hat, unterstützt. Alles war gut und richtig, nie hat sie etwas Gegenteiliges gesagt. Wahrscheinlich hätte Charlotte – doch das kann man im Nachhinein schwer beurteilen – eine andere Erziehung genießen müssen, um lebenstüchtig zu sein, und nicht ausschließlich diese übertriebene Art mütterlicher Liebe erfahren dürfen. Die Welt ist nun mal nicht nur lieb. Zusätzlich waren wohl auch die Negativerlebnisse mit dem Vater während ihrer Kindheit und Pubertät der Auslöser dafür, dass sie sich so entwickelte, denn wenn es bis dahin viel Schlechtes gab, durfte es im Leben der erwachsenen Charlotte nur noch Gutes und Schönes geben.

Die Zeiteinteilung war bei Charlotte ein Riesenproblem, teilweise eine Katastrophe. Als ich noch Musik studierte, rief sie mich einmal um Mitternacht an und fragte, ob ich ihr, wenn ich wieder zum Üben komme, ein Stück Butter mitbringen könnte. Ich dachte: Mein Gott, Zeitgefühl gleich null. Oder man wollte nur eine winzige Sache von ihr, ausgerechnet dann klingelte das Telefon. Das klingelte aber drei Millionen Mal am Tag und jedes Gespräch dauerte. Und ihre Verspätungen erst! Um drei Uhr wollte sie irgendwo sein und um drei viertel Vier schaute sie auf die Uhr und rief: »Ach, es ist ja schon so spät.« In meiner hilfsbereiten Phase habe ich sie in solchen Situationen noch öfters gefahren. Es war wirklich das absolute Chaos mit ihr. Allerdings gab es wiederum einen Charakterzug an Charlotte, der sie unheimlich kennzeichnete. Sie nahm sich für andere enorm viel Zeit. Ich hatte Geburtstag und dachte: Machst du dir selbst eine Freude und kaufst dir einen schönen Gewichtsregulator. Ich bat Charlotte: »Kannst du mir dabei helfen?« Und wir sind dann ab nach Kreuzberg und dort durch die Gegend gegurkt. Überall, wo wir anhielten und aus dem Auto stiegen, wurde sie sofort erkannt. Dann standen wir jedes Mal mindestens eine halbe Stunde am Fleck, die Leute palaverten mit ihr und ich dachte: Scheiße, ich wollte eine Uhr kaufen. Charlotte lebte in ihrer abgeschlossenen Welt, in der es genau in diesem Augenblick schön war, und das wollte sie möglichst lange auskosten. In einem der Trödelläden entdeckte ich einen wunderbaren Gewichtsregulator, der damals viel Geld kostete. Wir sind also da rein, und ich fragte Charlotte, was sie davon hält. Sie meinte: »Schönes Ding, Gustav Becker, kannst du kaufen.« Ich hoffte, den Preis noch runterhandeln zu können, als Student hatte ich es ja nicht so dicke. Gerade wollte ich einige Mängel aufzählen, da sagte Charlotte: »Ja, den können Sie schon mal einpakken, den nehmen wir mit.« Das war symptomatisch an ihr. Sie hat sich von einer Sache so inspirieren lassen, dass ihr letzten Endes das, was heute viel wichtiger ist – das Geld –, völlig egal war. Alles, was sie optisch ansprach und in ihr Weltbild von 1900 passte, musste sie haben, da spielten die Finanzen keine Rolle. Dabei war sie vollkommen geschäftsuntüchtig und hatte nie Geld. Klar, wollte jemand unbedingt etwas von ihr haben, verlangte sie schon einen stolzen Preis, ist aber sofort davon abgegangen, wenn man ihr deshalb Feuerwerk gab.

Wenn sich Charlotte auf eine Sache konzentrierte, ist alles andere um sie weggebrochen. Das beste Beispiel war eine ihrer Geburtstagsfeiern. Meine Eltern hatten extra ein Geburtstagsständchen für sie vorbereitet, doch Charlotte war schon seit Stunden mit jemandem beschäftigt, der nur ein Vertiko abholen wollte. Obwohl ihre Gäste im großen Saal an der Geburtstagstafel saßen, wir, den Bogen auf der Saite, darauf warteten, dass Charlotte endlich durch die Tür tritt, bekam sie aus heiterem Himmel ihre sprichwörtlichen Dienstmädchenanwandlungen und meinte, sie müsse unbedingt noch auf dem Vertiko Staub wischen und den Dreck darunter zusammenkehren. Dann rannte sie doch tatsächlich da draußen im Flur in ihrer Kittelschürze rum und fegte auf allen Vieren den Mist zusammen. Es war ein Bild für die Götter, aber Charlotte machte in aller Seelenruhe ihr Ding.

Sie war auch nicht in der Lage, an einer normalen Gesprächsrunde teilzunehmen. Sowie das Thema nicht die Gründerzeit betraf, merkte sie schnell, dass sie ausgeschlossen war. Charlotte las ja keine Zeitung, besaß kein Fernsehgerät und hatte in dem Sinne auch keine Probleme, weil sie alle wegdrückte. Sie versuchte dann, irgendwo einen Ansatz zu finden, wo sie möglichst bald das Thema umlenken konnte. Private, emotionelle Probleme konnte man dagegen gut mit ihr besprechen, dafür war sie ein einfühlsamer Berater.

Trotzdem hat Charlotte nicht selten gerade die Leute mit ihrer Art verletzt, die es ehrlich meinten, und von anderen, die es verstanden, sie einzuwickeln, ließ sie sich ausnehmen wie eine Weihnachtsgans. Im Gegenzug war sie ein toller Mensch und einmalig, aber die rosarote Brille, durch die sie viele gern sehen, ist bei mir schon lange weg.

Was ich an Charlotte bewundernswert fand, war die Tatsache, dass sie es schaffte – und das habe ich versucht, von ihr abzukupfern –, sich an den kleinsten Dingen zu erfreuen. Es kann manchmal um dich herum so beschissen sein, dass du wirklich verzweifelst. In so einer Situation fand Charlotte vielleicht zufällig einen kleinen Beschlag, der an einen ihrer Schränke passte, und dann konnte sie sich stundenlang darüber freuen. Das finde ich hammermäßig. Und das habe ich ein bisschen von ihr übernommen, denn mittlerweile bringe ich das auch fertig. Ja, diese kleine heile Welt war faszinierend an ihm.

Durch den Museumsbetrieb hier im Gutshaus steckt man oft in einer total kontroversen Situation. Einerseits sind da die Besucher, die sie in den Himmel heben. Wenn ich denen etwas Negatives über Charlotte erzählen würde, bräche für die eine Welt zusammen; außerdem würden sie es nicht glauben. Andererseits habe ich bei Führungen auch Leute erlebt, die behaupteten, dass alles geklaut ist, was hier steht, einfach mitgenommen. Beide Sichtweisen ergänzen das differenzierte Bild der eigentlichen Person Charlotte, in deren Leben es natürlich viele Facetten gab.

In Schweden hatte sie mit unzähligen Problemen zu kämpfen, und das hat sich bei ihr im Kopf immer mehr zugespitzt. In den letzten Jahren ist sie ständig mit dem

Umstand konfrontiert worden, dass es einerseits in Schweden nicht lief, sie selbst den Leuten aber immer erzählte, alles sei wunderbar. Ich weiß von einem sehr guten Freund Charlottes, dass sie ihm gegenüber irgendwann äußerte, sie wolle nach Berlin zurück, sie komme finanziell nicht mehr klar. Das war Charlottes erstes Eingeständnis sich selbst gegenüber. Im Nachhinein denke ich, man hätte sich, als sie in Schweden war, mehr mit ihr auseinandersetzen sollen, aber man ist ja nicht mehr an sie herangekommen. Charlotte zeigte so eine innere Unruhe, gab immer vor, viel beschäftigt zu sein. Gut, wir haben dort manchmal miteinander Abendbrot gegessen. Schlicht und einfach, weil sie nicht in der Lage war, sich selbst etwas zu machen. Aber dass dabei ein schönes, freies, lustiges, schwingendes Gespräch entstand, wie es in Berlin häufig der Fall war, das funktionierte merkwürdigerweise nicht mehr. Dafür hat sie jedes Mal erzählt: »Hach, ist das alles schön hier in Schweden und die Leute sind so nett.« Da wusstest du, das war ihre Walze, die da ablief, das, was sie jedem Besucher vorplapperte. Zum Schluss konnte sie sich wohl bei niemandem mehr fallen lassen, bei ihren Geschwistern sowieso nicht, und hat sich darum wahrscheinlich in sich selbst zurückgezogen. Das ehemals Persönliche fehlte in unseren Gesprächen.

Vielleicht lag es daran, dass ich in ihren Augen nicht mehr nur ein alter Freund war, sondern gleichzeitig auch eine Art Gegner. Letztlich hat unser Förderverein das übernommen, was Charlotte in Mahlsdorf hinterlassen hatte. Wir haben für das Gutshaus Miete an sie gezahlt und wollten es auf diese Weise von ihr erwerben. Das waren Punkte, die ja im Vorfeld mit ihr diskutiert werden mussten und die auch nicht unbedingt reibungslos abliefen. Natürlich wurden unsere Streitgespräche nicht auf böser Ebene geführt, doch wir haben uns in der Sache schließlich gegenüber gesessen und nicht nebeneinander. Unsere Freundschaft ist dadurch nicht zerbrochen, aber Charlotte ist mir gegenüber zurückhaltender geworden. Sie hat immer vorausgesetzt und ist davon ausgegangen, dass ihre Freunde für sie alles uneigennützig machen, und wenn das nicht so war, brach für sie eine Welt zusammen.

Charlotte kam zwar öfter zu uns, wenn sie in Berlin war, aber meiner Meinung nach hatte sie das Interesse am Gutshaus ein bisschen verloren. Es gab ja Altranft, und da konnte man zuschauen, wie es jeden Monat schöner wurde. Sie verstand es nicht oder wollte es nicht verstehen, dass die Voraussetzungen in Altranft ganz andere waren. Dieses Schloss wurde mit Landesmitteln saniert. Dass Charlotte aber hier in Mahlsdorf eine komplette Ruine hinterlassen hatte, vergaß sie dabei gern. Sie hat auch völlig ignoriert, dass unser Verein keine ausreichenden Gelder besitzt, um das Haus von Grund auf zu sanieren. Das ist der große Vorwurf, den ich ihr bis zum letzten Tag gemacht habe. Ich bin mir sicher, auch sie hätte das Gutshaus in diesem Zustand nicht mehr lange unterhalten können. Hier ist alles marode, besonders das Dach.

Charlotte lebte ausschließlich in ihrer Gründerzeitwelt und war gar nicht fähig, bestimmte Dinge und Probleme vorherzusehen oder über eine Sache zu entscheiden. Darum bekam sie auch andauernd von allen möglichen Leuten Hinweise: »Charlotte, mach dieses, Charlotte, das darfst du auf keinen Fall.« Sie befand sich damit in einem Wust von Ratschlägen, dem sie nicht mehr gewachsen war. Wahrscheinlich fühlte sie sich in dem Augenblick, als sie die Eigenverantwortung für ihr Leben an diese drei Gestalten übergeben hatte, sogar froh und erleichtert, sonst wäre Charlotte wohl irgendwann durchgedreht. Klar, steter Tropfen höhlt den Stein. Wenn du ständig in unmittelbarer Nähe eines labilen Menschen bist, kannst du ihn auf jede erdenkliche Art beeinflussen, und der freut sich in seiner Naivität auch noch darüber. Bezeichnend für Charlottes Lebensuntüchtigkeit war, was sie mir über eine Begebenheit aus ihrer Kindheit erzählte. Einmal spielte sie in der Wohnung ihres Onkels Kaufmannsladen und schloss dabei ein imaginäres Geschäft über eine Taschenuhr ab. Raus kam, dass sie die Uhr billiger verkaufte, als sie sie eingekauft hatte. Der Onkel erklärte ihr hinterher: »Lothar, das kannst du nicht machen, das ist doch kein Geschäft, wenn du draufzahlst.« Charlotte hat dann erwidert: »Ja, stimmt, eigentlich muss es anders sein.«

Jens Taschner ist Kunst- und Antiquitätenhändler im Gutshaus Mahlsdorf und Stellvertretender Vereinsvorsitzender des Fördervereins Gutshaus Mahlsdorf

Peter Natuschke

Ihr Leben war ein ganzheitliches Museum

Von Charlotte habe ich das allererste Mal so 1962 oder 1963 erfahren, als mich nach dem Unterricht ein Kumpel mitnahm und wir dann durch den verwilderten Gutshof in Mahlsdorf streiften. Damals war dort alles mit Holunderbüschen zugewachsen. Vor dem Gutshaus standen Kutschen, und das Haus selbst, in dem teilweise die Fenster fehlten, sah man überhaupt nicht, weil es hinter einem riesigen Gestrüpp verborgen lag. Mein Kumpel sagte zu mir: »Die Kutschen können wir uns ja angucken, aber sei mal nicht so laut, da wohnt jetzt jemand. Manchmal schimpft er, wenn wir hier herumtoben, doch manchmal sagt er auch: ›Kommt mal rein und guckt euch an, was ich hier habe.‹«

Erst Ende der sechziger Jahre, als die Bauarbeiten am Gutshaus begannen, habe ich Charlotte persönlich gesehen. Ich war zu der Zeit noch Maurerlehrling, und 1972, als Student, machte ich dann bei ihr nebenbei ein bisschen was am Haus: Fenster streichen, die Eingangstür abbrennen, die Friemelarbeiten eben. Lothar hat mich gern genommen, weil ich als Student nicht so viel Geld verlangte. Ich machte meine Arbeit ordentlich, und er freute sich darüber. Er war eine wundersame Person, mit der man aber ganz gut reden konnte. Nachdem ich mein Studium beendet hatte, wurde ich

Architekt an der Bauakademie und zog nach Weißensee. Damit war Mahlsdorf weit weg für mich, und so verloren wir uns irgendwann aus den Augen.

Später, 1982, ging ich nach Altranft, um dort das Freilichtmuseum zu übernehmen. Ich hatte als Architekt wohl Ahnung vom Bauen, was aber ein Freilichtmuseum ist und wie das geführt wird, das wusste ich nicht. Einzig bei Charlotte hatte ich mal mitbekommen, was in einem Museum so läuft. Die Art, wie man auf Besucher zugeht, und all das Drumherum fielen mir wieder ein, und ich dachte: Fährst du mal zu Charlotte. Ich erzählte ihr: »Charlotte, weißt du was? Ich habe jetzt auch ein Museum.« Das fand sie gut. Dann meinte ich: »In Altranft zeige ich ja ländliches Dorfleben, und wenn dir mal was Bäuerliches oder Ländliches bei deinen Streifzügen begegnet, ob es ein Dreschflegel ist oder so, dann sag mir Bescheid.« Charlotte beteuerte sofort: »Ja, ja, das mache ich. Als hier in Mahlsdorf das Haus vom alten Bauern Haase abgerissen wurde, stand dort noch ein richtiger Bauernofen in der Küche, den kannst du von mir bekommen.« Ich dachte: Na gut, nun habe ich A gesagt, dann muss ich auch -limente sagen – obwohl dieses Ding der totale Schrott war. Die Eisenteile gingen ja noch, aber der Rest war kaum zu gebrauchen. Charlotte hatte mir eine Zeichnung vom Ofen gemacht. Als wir ihn aufbauen wollten, merkten wir aber, dass die Kacheln nicht reichten. Ich habe sie dann anfertigen lassen, und seitdem steht er in der Altranfter Schlossküche.

1982/83 kündigte Charlotte mir an: »Nun komme ich doch mal gucken, was du da draußen machst.« Ich sagte: »Gut, du fährst mit der S-Bahn bis Strausberg, und ich hole dich dort ab.« Ich besaß damals einen Moskwitsch als Dienstfahrzeug und bin also mächtig stolz, zusammen mit meinem Mitarbeiter, nach Strausberg geknauscht. Die S-Bahn kam auch pünktlich gefahren, und Charlotte trat aus dem Bahnhof. Ich dachte, mir fliegen die Schuhe weg! Charlotte erschien in beigefarbenen Damenpumps, kurzen Lederhosen und einem quietschorangenen kurzärmeligen Pulli, über dem sie eine glattgestrickte papageiengrüne Strickjacke trug. Phantastisch! Die Sonne schien so schön. »Hallo, hier bin ich«, meinte sie. Wir sind dann nach Altranft gefahren und haben uns angesehen, was ich da in meinem Museum zu bieten hatte: die ganzen Ruinen, den kaputten Berg-Schmidt-Hof und das Schloss. Charlotte rief sofort begeistert: »Das ist aber ein schönes Schloss! Hier kann noch einiges gemacht werden, da hast du aber auch noch viel Arbeit vor dir.« Das erkannte sie gleich. Mittlerweile war es Mittag geworden, und wir gingen mit ihr in die Dorfkneipe, wo um die Zeit immer viele Fernfahrer und Landarbeiter aßen. Wir also da rein, erst ich, dann Charlotte und danach mein Mitarbeiter. An jedem Tisch wurde gequatscht, klapperten Teller und Bestecke – ein Heidenlärm. Kaum hatten wir uns gesetzt, hörte plötzlich überall das Geklapper der Bestecke auf. Für einen kurzen Moment herrschte tiefe Stille, und alles guckte zu unserem Tisch. In dem Augenblick muss ich wohl genauso orange gewesen sein wie Charlottes Pullover, und mein Kollege, der eigentlich eine Menge gewohnt war, rang schwer um Humor. Nur Charlotte schien das überhaupt nicht zu stören. Wir aßen dann irgendeine Kleinigkeit, Boulettchen oder so. Jedenfalls war unser Erscheinen noch lange das Gesprächsthema im Dorf.

Eines Tages, nach der Wende, rief mich Charlotte unerwartet an, um mir mitzuteilen: »Ich muss endlich die Möbel bei meiner Mutter ausräumen, und du musst jetzt im Schloss die Zimmer damit einrichten. Das Schloss ist schließlich dafür da.« Angefangen haben wir dann mit dem Jagdzimmer und dem Schlafzimmer. Das hieß erst einmal, Fördermittel zu organisieren, um die Sachen von Charlotte kaufen zu können. Für die Raumausstattung zogen wir extra einen Innenarchitekten hinzu. Es war ein ziemliches Stück Arbeit, aber Charlotte konnte endlich ihre Vorstellungen von einer perfekten Museumswelt verwirklichen. Unsere Teamarbeit machte ihr wahnsinnigen Spaß. Sie brauchte nur zu sagen, wie es aussehen sollte, und wir sorgten für die Ausführung. Wir diskutierten gemeinsam über die Art des Deckenstucks, die Muster der Tapeten und Gardinen, welche Farben in Frage kamen. Das ging tagelang, und in der heißen Phase hat Charlotte dafür auch mehrfach hier übernachtet. Riesige Kataloge mit Stoffmustern wurden da gewälzt, bei den Übergardinen musste es ein florales Motiv sein, dazu die passenden Stores und Lambrequins. Die Stoffe sind dann in England und Frankreich nach diesen Vorlagemustern gewebt und fertig genäht worden. Ein solches Fensterensemble besteht aus bis zu 15 Teilen, die Quasten und Raffungen, Borten und Fransen sind alle per Hand hergestellt. Die Tapeten für das Jagdzimmer wurden ebenfalls nach Originalvorlagen gedruckt. Vor der Einweihung haben wir noch schnell entsprechende Infoblätter für die Besucher gestaltet, Charlotte diktierte die Erklärungen, und ich schrieb sie auf. Und am Eröffnungstag hat sie dann unermüdlich, von früh bis abends, geführt. Es war schon toll, aber das ist heute finanziell alles nicht mehr machbar.

Die nächste Etappe begann zwei Jahre später, als die Schlossküche und der Festsaal dazukamen. Der Saal musste von Grund auf restauriert werden, und nachdem Charlotte das Ergebnis sah, war sie fix und fertig und meinte: »Mein Gott, das ist es.« Das Buffet, was dort steht, stammte ja aus dem großen Saal des Mahlsdorfer Gutshauses. Das verkaufte sie uns, als schon klar war, dass sie nach Schweden gehen würde. Charlotte erklärte mir damals: »Dieses Buffet passt nicht ins Gutshaus, der Raum ist viel zu klein dafür, das muss bei dir im Schloss stehen.« Nachdem wir es dann aufgestellt hatten, meinte sie: »Ja, hier steht es genau richtig. Da ist bis zur Decke noch gut ein Meter Platz, und so muss es sein. Endlich«, sagte sie froh, »endlich hat dieses Möbelstück seinen Raum gefunden.« Ursprünglich sollte im großen Festsaal auch ein weißer fünfeckiger Ofen stehen, mit obenauf liegenden Engeln und so. Ich habe ihn aber nicht zusammengesetzt bekommen, es fehlten zu viele Kacheln, und die nachbrennen zu lassen war leider nicht finanzierbar. Charlotte hat uns dafür einen Eisenofen verkauft. Die beiden Mädels, mit denen sie zusammenlebte, haben ihr damals die Bücher geführt. Das war ja das Irre, mit Charlotte habe ich die ganze Interieurgestaltung gemacht und das Geschäftliche mit dieser S. Das lief alles ganz korrekt. Zum Glück habe ich für diese Dinge eine überaus gewissenhafte Kollegin. Charlottes größtes Problem bestand einzig darin, wie sie die Verträge mit uns unterschreiben sollte. »Ja, was soll ich denn jetzt schreiben? Schreibe ich Lothar Berfelde oder schreibe ich Charlotte von Mahlsdorf?« Ich erwiderte: »Mir ist das egal. Dann schreibst du eben beides. Hauptsache, man erkennt deine Unterschrift.« Manchmal hat sie mit Berfelde unterschrieben, dann mussten wir oben in den Vertrag eben Lothar Berfelde einsetzen, und später hat sie auch mit Charlotte von Mahlsdorf unterschrieben. Das war jedenfalls ein echtes Problem für sie. Die ganze Sache an sich, das Geschäftetätigen, das fand ja zwischen uns nicht auf Freundschaftsbasis statt. Alles, was Charlotte in diesem Zusammenhang unterschreiben sollte, empfand sie als eine Art Misstrauensantrag ihr gegenüber. Wenn ich zu ihr sagte: »Du kannst nicht einfach eine Vase aus deinem Handtäschchen ziehen und sie mir auf das Buffet stellen, nur weil du der Meinung bist, dass sie dort so schön hinpasst; ich brauche das dann auch schriftlich von dir.« Darauf las ich oft ein »Um Gottes willen!« in ihren Augen, und sie meinte manchmal: »Na, dann lassen wir das.« Meistens gelang es mir aber, sie auch bei diesen kleinen Dingen zu einem korrekten Vertrag zu bewegen. Da musste man bei Charlotte sehr aufpassen. Sie verstand nicht, dass es schon etwas anderes ist, für ein öffentliches Museum Geschäfte zu machen. Außerdem versuchte sie ständig, mir etwas von ihren Sachen aufzuschwatzen, und jedes Mal erklärte ich ihr: »Charlotte, das hier ist kein Gründerzeitmuseum und soll es auch nicht werden. Ich zeige nur die ländliche und gutsherrschaftliche Lebensweise aus dieser Zeit.« Da musste ich mich tapfer gegen sie wehren, was sie eigentlich nie akzeptieren wollte.

Als Charlotte nach Schweden ging, war das Altranfter Schloss, bis auf einen Raum, in dem eine Ausstellung untergebracht war, komplett eingerichtet. In Schweden habe ich sie natürlich auch besucht, und bei der Gelegenheit sagte sie irgendwann mal zu mir: »Also weißt du, Peter, ich habe hier einen Damensalon, ein Damensalon fehlt dir noch.« Sie bedrängte mich immer wieder und jammerte, dass der Raum wegen ihres undichten Daches schon vollgeregnet wäre, was für die Möbel überhaupt nicht gut sei, und dass sie ihn deshalb in das Museum nach Vänersborg gegeben habe, wo er dann im Magazin stand. Aber: »Eigentlich sollst du ihn kriegen.« Wir sind dann beide quer durch Schweden zu diesem Magazin geknautscht. Ich habe Fotos von den Möbeln gemacht, und Charlotte entwarf dazu einen Einrichtungsplan. Na ja, darauf folgte das ganze geschäftliche Theater, da waren ihre Mädels, B. und S., aber schon weg. Ein Jahr später bin ich, zusammen mit einem Kollegen, wieder nach Schweden, um die Möbel abzuholen. Erst sind wir zu Charlotte gefahren und von dort nach Vänersborg geknautscht. Auf der Rücktour musste ich dann die vierhundert Kilometer bis Porla Brunn hinten auf der Ladefläche zwischen den Möbeln hocken. Charlotte, die vorn saß, ist auch noch eingeschlafen und konnte uns den Weg nicht zeigen. Das wurde zum Schluss eine regelrechte Irrfahrt durch Schwedens Wälder.

Am 1. April 2002 sollte Charlotte den Gelben Damensalon einweihen. Ich verabredete mit ihr, dass ich sie den Abend zuvor, um acht Uhr, im Mahlsdorfer Gutshaus abholen würde. Als ich dort eintraf, war das Museum zugerammelt, das wirkte alles wie im Winterschlaf. Mir blieb also nichts anderes übrig, als auf einen Anruf von ihr zu hoffen. Gegen 22 oder 23 Uhr klingelte endlich mein Handy, und Charlotte meldete sich vergnügt: »Ich fahre jetzt los und komme zum Bahnhof Mahlsdorf.« Sie steckte aber irgendwo im tiefsten West-Berlin. »Da brauchst du doch noch mindestens eine gute Stunde«, meckerte ich, »außerdem kurve ich hier kreuz und quer durch Mahlsdorf und suche dich.« Sie wieder mit ihrer Piepsstimme: »Na ja.« Als ich am Bahnhof eintraf, stieg sie gerade aus einem Taxi. Ich fragte erstaunt: »Du bist nicht mit der S-Bahn gekommen?« »Nö«, meinte sie schelmisch, »der hat mir ein Taxi spendiert …« Taxi fahren, das war Charlottes Welt. Von Pflaumenmus leben, aber Taxi fahren. Das war eben herrschaftlich. Und wenn es noch Kutschen gegeben hätte, wäre sie wahrscheinlich mit der Kutsche gekommen, aber die Benzinkutsche schien ihr auch angemessen zu sein.

Jedenfalls habe ich sie am Bahnhof aufgegabelt und fuhr mit ihr mitten in der Nacht zu mir nach Hause, nach Sternebeck. Am nächsten Vormittag haben wir dann zusammen die Bilder im Gelben Salon gehängt. Charlotte kam in den Salon und staunte: »Kinder, ist das schön geworden.« Eigentlich so, wie sie ihre Möbel immer ausstellen wollte, es finanziell aber nie packte. Fünf Räume sind mit Charlottes Möbeln eingerichtet.

Das Jagdzimmer, das Schlafzimmer, die Gutsküche, der Festsaal und als Krönung der Gelbe Salon. Die Möbel stammen aus dem ostpreußischen Gutshaus ihrer Tante Luise, wurden aber zu unterschiedlichen Zeiten angeschafft, wodurch man sehr gut die Entwicklung der damaligen Wohnkultur verfolgen kann.

Das Altranfter Schloss war das Ergebnis ihrer Vorstellungswelt, es war ihr Museum. Hier hatte sich Charlottes Gründerzeittraum verwirklicht. Ich nahm es aber nie ernst, als Charlotte in der letzten Zeit häufiger zu mir sagte: »Hier würde ich gern Führungen machen. Hast du nicht ein kleines Zimmerchen für mich? Dann würde ich hier wohnen und immer die Führungen machen.« Hinterher bestätigten mir verschiedene Leute, dass sie diesen Wunsch auch ihnen gegenüber erwähnt hatte. Vielleicht lag es daran, dass Altranft einerseits ein Idealbild ihrer geliebten Gründerzeit war, sie andererseits die räumlichen Veränderungen im Mahlsdorfer Gutshaus mitbekam und zusätzlich ihre Hauptsorge war, wie sie in Porla Brunn ihren Lebensabend allein bewältigt bekommt. Dabei war Charlotte der Meinung, dass sie alles gut geregelt hätte, weil sie den schwedischen Staat als Erben einer ihrer Sammlungen bestimmt hatte und nicht, was vielleicht sinnvoller gewesen wäre, eine kulturelle Einrichtung. Der Staat bedeutet doch zuallererst das Finanzministerium, und die fragen sich natürlich, ob deutsche Gründerzeitmöbel im schwedischen Wald für ihre Bürger wirklich so wertvoll sind, dass sie dafür Finanzmittel einsetzen sollten. Von wem auch immer, in diesem Falle ist Charlotte offensichtlich falsch beraten worden.

Nach der Einweihung des Gelben Salons fuhr Charlotte gleich wieder zurück nach Porla Brunn. Wir telefonierten ein paar Tage später miteinander, und bei der Gelegenheit fragte ich sie: »Willst du nicht mal eine Lesung in Altranft machen?« »Ja«, sagte sie, »eine Lesung würde ich gerne machen. Ich komme am 26. April, wenn Mutti ihren hundertsten Geburtstag hat, sowieso nach Berlin, und dann machen wir auch die Lesung.« »Also, wenn es dir zu beschwerlich ist, hole ich dich ab«, schlug ich ihr vor. »Ja, das ist gut«, meinte sie, »ich habe nämlich die Uhr gefunden, die in den Gelben Salon gehört, die musst du unbedingt bekommen. Dann können wir die gleich mitnehmen und auch das Grammophon für den Festsaal. Die Spieluhr muss da raus, das geht so nicht, die gehört nicht dorthin.« Hinterher habe ich mir große Vorwürfe gemacht, dass ich sie mit meinem Vorschlag noch zusätzlich belastet habe. Aber wer ahnte schon, dass es mit ihrem Herzen so schlimm aussah?

Ich hatte manchmal den Eindruck, dass Charlotte in einer selbst geschaffenen werteorientierten Welt lebte. Wenn sie im Museum agierte, befand sie sich sozusagen im wirklichen Leben, in der realen Welt, und vor der Tür war für sie das Museum. Was die Leute im Hier und Heute taten, war ihr völlig unverständlich. Sie setzte sich abends hin und las, was Kaiser Wilhelm gemacht hat, und legte sich dazu die passende Musik aus dieser Zeit auf. Das las sie wie wir die aktuellen Zeitungen. Die heutigen Museologen würden sagen, ihr Leben war ein ganzheitliches Museum.

In der Öffentlichkeit hatte Charlotte immer eine beeindruckend aufgeschlossene und freundliche Art. Ich habe sie nie schlecht gelaunt erlebt. Selbst wenn sie im Blitzlichtgewitter stand, war sie dem gewachsen, fühlte sich wie ein Filmstar und konnte jederzeit und sofort ihre Sonntagsmine offenbaren, um nicht zu sagen, zur Schau stellen. Die Mädels, B. und S., haben mir aber erzählt, dass sie ihnen gegenüber manchmal ein richtiges Machoverhalten an den Tag legte. Er konnte wohl auch so richtig ärgerlich über einige Sachen werden, wirklich habe ich es aber nie erlebt. Ja, Charlotte hatte ihre konkreten Vorstellungen von bestimmten Dingen und wie diese ablaufen sollten. Da gab es dann von ihrer Seite eine gewisse geistige Schärfe, um das durchzusetzen. Sicher hatte sie dafür auch die tuntigen Waffen parat. Ich kenne diese Welt zwar nicht, aber in dem Metier gibt es ganz scharfe Messer. Charlotte war für mich ein Es, weder Mann noch Frau, man kann das nicht so ohne weiteres beschreiben. Eigentlich habe ich mich das auch nie gefragt. Auf alle Fälle hatten wir ganz, ganz tolle Erlebnisse zusammen, und mich freute, wie sie hier in Altranft das Bad in der Menge genoss. Die Besucher lagen ihr ja zu Füßen. Na klar, sie hat sich in dieser Umgebung wohl gefühlt, weil sie hier der Superstar war. Selbst einen eigenen Werbeblock brachte Charlotte fertig. »Ja«, fing sie plötzlich während einer Führung an, »und dann habe ich hier das Buch ›Ich bin meine eigene Frau‹, da steht alles über mein Leben, und wenn es Sie interessiert, können Sie es gern bei mir kaufen.« Ihre beiden Mädels hatten das organisiert, die waren in dieser Hinsicht recht beweglich.

Möbel kaufen und verkaufen, das lag in ihrem Trödlerblut, davon war Charlotte infiziert. Sie konnte sich sogar von verschiedenen Sachen trennen, wenn sie wusste, dass die in ordentliche Hände kamen. Natürlich hätte sie die niemals einem Sägewerk verkauft, ihr ging es ja darum, Kulturgut zu retten. Dieser Rettungsgedanke war ganz tief in Charlotte verankert, ob sie nun dafür sorgte, dass bestimmte Häuser nicht abgerissen wurden, oder einen alten Topf aus dem Müll fischte. Das war schon ehrenhaft. Es war ihre Überzeugung, dass man Vergangenheit nicht zerstören darf, weil in der Vergangenheit etwas Wertvolles materialisiert liegt, und das sollen auch noch unsere Kinder sehen und erfahren. Bei Charlotte war nicht immer alles fachlich begründet, wenn sie behauptete, dieses Nudelholz ist von dann und dann und das hat der und der gedrechselt. Doch sie hatte ein recht sicheres Feeling für bestimmte Sachen. Sicherlich sind Irrtümer nicht auszuschließen, aber ihr Gespür für diese Dinge entsprang einer emotionalen Welt, die stimmig war. Charlotte erschuf ein Lebenswerk, das ihrer persönlichen Grundhaltung entwachsen war. Ich finde das klasse.

Ich sprach mal mit Charlotte über ihre Zukunft, nachdem die beiden Mädchen sie verlassen hatten, und meinte: »Es wird Zeit, dass du klärst, wer in deinem Porla Brunn das Museum weiterführt, falls du eines Tages nicht mehr kannst.« Darauf kam von ihr: »Ach, du, Peter, weißt du, da hat mir doch die und die erzählt …« Wenn sie das Thema wechselte, wusste man, jetzt hast du die Grenzen bei ihr erreicht. Ich erwiderte nur: »Du kannst dich um dieses Problem nicht immer herumbiegen.« Da hatte sie aber schon dichtgemacht.

Na ja, Charlotte war ein recht bewegtes Aprilwetter.

Peter Natuschke ist Leiter des Brandenburgischen Freilichtmuseums Altranft

BERND KÖPPEN

Ist das ein schöner Lüster

Charlotte ist schon vor der Wende bei uns in der Bergmannstraße aufgetaucht. Ich glaube, so ab 1988. Hier in der Nähe gibt es eine Heilpraktikerin, zu der ist sie ziemlich regelmäßig gegangen und hat sich wegen ihrer Krampfadern Blutegel ansetzen lassen. Bei der Gelegenheit kam sie auch immer bei mir vorbei. Als sie das erste Mal meine Werkstatt betrat, hat sie sich gleich vorgestellt: »Ich bin vom Gründerzeitmuseum, aus Mahlsdorf.« Damals hatte ich überhaupt keine Ahnung, wer sie ist, hatte gedacht: Das ist ja eine komische Frau. Schließlich hat sie mir dies und jenes dazu erklärt, auch was sie mit ihrem Museum macht, und irgendwann, als wir uns einmal etwas länger unterhielten, fanden wir Gefallen aneinander und haben uns befreundet. Jedenfalls fragte sie mich damals, ob ich ihr einige Profilleisten für ihre Gründerzeitmöbel nacharbeiten könnte, und meinte, ich bräuchte keine Bedenken haben, Westgeld zum Bezahlen hätte sie. Seitdem habe ich eine Menge feiner Profilsachen für ihre Möbel und Uhren angefertigt. Alles, was an Schmuckelementen fehlte oder beschädigt war, komplizierte Schnitzereien und Puppen. Das kann doch heute kaum noch jemand. Ich hatte von Anfang an viel für sie zu tun, nur teuer durfte es nicht sein. Charlotte hatte ja ihre beiden Frauen im Rücken, bei denen sie Rechenschaft über ihr Geld ablegen musste. Das war auch so eine Sache.

Später, nach dem Mauerfall, war ich zwar öfter bei ihr im Gutshaus, aber die beiden Frauen habe ich nie zu Gesicht bekommen, nie. Die kannte ich nur vom Hörensagen, wenn Charlotte bei mir saß und jammerte: »Oh, die meckern wieder mit mir, es darf nicht so teuer sein, Bernd. Die passen so aufs Geld auf.« Was sich da wirklich abspielte, auch in Schweden, habe ich alles erst im Nachhinein erfahren. Über ihre persönlichen Probleme hat Charlotte nie groß mit mir gesprochen, außer dass sie von den beiden Frauen und diesem Mann so betrogen worden war, dass die sie in Schweden allein gelassen haben und in eine Nachbargemeinde gezogen sind. Ja, das hat sie mir erzählt. Trotzdem wollte es Charlotte irgendwie nicht wahrhaben, was die drei ihr angetan hatten. Ich denke, die Sache hat ihr seelisch mehr zu schaffen gemacht, als ein Außenstehender ahnte. Obwohl: Ich kenne Charlotte eigentlich nur positiv, immer gut drauf. Immer hat sie geschwärmt: »Mensch Bernd, ist das schön, wieder hier bei dir zu sitzen.«

Früher besaß ich noch viele Damenuhren in meiner Sammlung. Aus der hatte sich Charlotte vor Jahren zwei kleine Armbanduhren ausgesucht, noch zum Aufziehen. Man konnte kaum die Ziffern erkennen, so klein waren die. Im Laufe der Zeit ging dann eine davon kaputt. »Nimm dir hier aus der Krabbelkiste eine neue«, forderte ich sie auf. Das tat sie auch und freute sich: »Die ist ja schön.« Und jedes Mal, wenn sie zu mir kam, sagte sie: »Guck, Bernd, deine Uhr trage ich im-

Charlotte in ihrem Museum in Porla Brunn und mit Bernd Köppen

mer noch.« Sie hat die Uhr wirklich bis zum Schluss getragen, und die lief wunderbar.

Wenn Charlotte zu mir kam, haben wir meist zusammen Tee getrunken und Kuchen gegessen. Das war jedes Mal ganz gemütlich. Danach ist sie zur Homöopathin, hat sich ihre Blutegel ansetzen lassen und schaute anschließend in die Trödlerläden. Und bevor Charlotte dann wieder nach Mahlsdorf fuhr, holte sie vorher noch die fertigen Profile bei mir ab. Charlotte war gern in unserem Kiez, weil es schon immer ein sehr tolerantes Viertel war. Egal ob man Ausländer, schwul oder sonstwas ist, das spielt keine Rolle. Zumindest leben alle in Frieden miteinander. Hier in Kreuzberg hat sich Charlotte richtig wohl gefühlt, da konnte sie rumdackeln auf ihren Hackenschuhen, in dem taillierten Mantel und mit ihrem Täschchen, und keiner hat sich darum geschert. So ging sie in die Läden und wurde so akzeptiert, wie sie sein wollte. Das genoss sie sehr, denn wozu sie stand, was sie verkörperte, hatte sich Charlotte über viele Jahre mühsam zu Eigen machen müssen. Sie sagte. »Ich bin dies und jenes und ich bin so, und entweder die Leute akzeptieren mich, oder ich unterhalte mich eben nicht mit ihnen.« Für mich war es sowieso Charlotte, Lothar wäre für mich fremd gewesen.

Lustig wurde es immer, wenn sie mit ihrem Grammophon durch die Kneipen rund um die Bergmannstraße zog, die alten Platten auflegte und dabei von früher erzählte. Sie wusste ja auch viel, und mit ihrem Tod ist da Etliches verloren gegangen. Charlotte hatte ein phantastisches Fachwissen. Es war ihr Leben, die Gründerzeit, darüber wusste sie eigentlich alles. Ich glaube kaum, dass es jetzt noch jemanden gibt, der so gut über die Gründerzeit Bescheid weiß.

Charlotte rief drei Tage, nachdem sie in Altranft diese Lesung hatte, bei mir an und fragte: »Ich möchte dich besuchen. Und kann ich auch bei dir schlafen?« »Natürlich kannst du bei mir schlafen«, sagte ich. Sie wusste ja, dass ich hinter der Werkstatt ein kleines Zimmer ausgebaut hatte. Wir verabredeten dann noch, am Abend zusammen in die Kneipe zu gehen. Mein Freund Horst wollte Charlotte unbedingt kennen lernen. Ich versprach ihm: »Heute komme ich mit ihr in den Heidelberger Krug.« Wir hatten das schon einmal vor, aber da klappte es nicht. Und als ich an diesem bewussten Abend wieder allein in der Kneipe erschien, meinte er nur: »Ich glaube, du kennst Charlotte gar nicht.«

Charlotte kam erst viel später als geplant bei mir an und stöhnte gleich: »Ich fühle mich so schlecht, bin so müde und kaputt, habe heute wahnsinnig viele Termine gehabt.« »Was hetzt du auch so viel umher?«, warf ich ihr vor. Aber das war ja ihr Leben. Das war ihr Ding, das musste sie haben. »Ja, ja«, sagte ich, »jetzt ruhst du dich erst mal aus.« Ich habe ihr dann das Bett gemacht und gemeint: »Komm, zieh dich aus, geh ins Bett, und wenn du lesen willst, da ist die Lampe – und da das Telefon.« Ich habe ihr meine Handynummer einprogrammiert und erklärt: »Pass auf, ich bin nicht weit weg, zirka fünf Minuten von hier im Heidelberger Krug. Wenn was ist, brauchst du nur auf diesen Knopf zu drücken.« Dann zog ich ihr noch die ganzen Uhren im Zimmer auf, damit es ein bisschen bimmelte und sie sich etwas heimischer und nicht so einsam fühlte.

Ich war ungefähr eine Stunde weg, da klingelte mein Handy und Charlotte war dran. Sie sagte mir, dass sie plötzlich keine Luft mehr bekäme. Das passierte nachts, gegen zwölf oder eins. Ich bat Horst: »Du, komm mal schnell mit, wir müssen zu Charlotte.« Als Horst Charlottes Zustand sah, drängte er mich, sofort die Feuerwehr zu holen. Die waren auch gleich mit einem Notarzt hier. Das ging ganz schnell. Das Lustige dabei war: Die kannten alle Charlotte. Es war phantastisch, wie die sich um sie gekümmert haben. Der Notarzt kniete, während er sie versorgte, die ganze Zeit auf dem Bett, damit sich Charlotte bloß nicht bewegt. Dann meinte er aber: »Es nutzt nichts, wir müssen sie mitnehmen, sie hat einen Herzinfarkt.« Charlotte fragte mich noch: »Kommst du mit?« Und ich sagte: »Na klar, ich lasse dich doch nicht allein!« Die Rettungssanitäter und den Arzt bat ich, sie mögen um Gottes willen kein Aufheben von der Sache machen, bloß nichts an die Presse geben. Bis nach ihrer Beerdigung haben wirklich alle dichtgehalten, selbst die Ärzte und Schwestern in der Charité. Das hat wunderbar geklappt.

Um Charlotte in den Krankenwagen zu bekommen, mussten die Sanitäter mit ihr über eine enge, steile Treppe, die bei mir vom Zimmer aus direkt in den Hof führt. Das ging nur im Rückwärtsgang und war ziemlich riskant. Unmittelbar über der Treppe habe ich einen großen Messinglüster zu hängen, da sagte Charlotte doch: »Mensch, Bernd, ist das ein schöner Lüster.« Auf der Bahre, festgeschnallt, kopfüber die Treppe runter, und sie sagte nur: »Mensch, Bernd, ist das ein schöner Lüster.« Na ja, das waren ihre letzten Worte.

Morgens um sechs bin ich gleich wieder in die Klinik und dann noch mal um die Mittagszeit, aber sie war nicht mehr ansprechbar. Bei den Untersuchungen hatten die Ärzte festgestellt, dass es nicht ihr erster Herzinfarkt war. Charlotte muss davor schon vier oder fünf gehabt haben, ohne es zu bemerken. Nur einmal ist wohl der Notarzt gerufen worden, wie ich später erfuhr. Der Arzt in der Charité meinte gleich zu mir: »Das wird nichts mehr, und wenn, dann wird es eine Katastrophe für sie. Aber so, wie es aussieht, gibt es keine Hoffnung.« Charlottes Herz war auf Grund ihrer vorherigen Infarkte schon zu stark in Mitleidenschaft gezogen. Am 30. April, nachmittags, kurz nach halb fünf, ist sie dann verstorben.

Heute, fast zwei Jahre nach Charlottes Tod, fiel mir auf, dass ihre Telefonnummer immer noch auf meinem Handy gespeichert war. Nun habe ich sie gelöscht. Es ist schon ein komisches Gefühl, wenn ein Mensch, den man mag, plötzlich nicht mehr da ist, einfach weg, für immer.

Bernd Köppen ist Kunsttischler

Zeittafel

1928
18. März: Charlotte von Mahlsdorf wird als Lothar Berfelde im Mahlsdorfer Haus des Großonkels Josef Brauner geboren. Er ist der älteste von insgesamt drei Geschwistern.

1943
September: Charlotte bringt einige Möbel und Hausrat ihrer Nenntante Luise von Ostpreußen nach Berlin, die bis zum Kriegsende in einer Scheune in Motzen lagern.

1946–Frühjahr 1948
Charlotte wohnt mit den Möbeln ihrer Nenntante Luise und ihres Großonkels im Schloss Friedrichsfelde.

1958
Charlotte besetzt mit ihren Möbeln das leer stehende Mahlsdorfer Gutshaus und erhält nach einigen Verhandlungen mit den zuständigen Behörden die Erlaubnis, es mietfrei zu bewohnen.

1960
1. August: Im Gutshaus findet die erste Führung statt. Charlotte zeigt zwei Räume mit Gründerzeitmöbeln.

ab 1971
Charlotte beginnt mit den Restaurierungsarbeiten am Gutshaus, das mit einigen Veränderungen, die 1869 vorgenommen wurden, in seiner ursprünglichen Gestalt von 1780 wiederhergestellt werden soll.

1972
Das Gutshaus wird unter Denkmalschutz gestellt.

1974/75
Charlotte wird der Steuerhinterziehung beschuldigt, ihr drohen die Enteignung und Schließung des Museums. Die Schauspielerin Annekatrin Bürger und der Rechtsanwalt Prof. Karl Kaul erreichen, dass ihr Museum für die Öffentlichkeit erhalten bleibt und die Schuldsumme aberkannt wird.

1992
Verleihung des Bundesverdienstkreuzes. Im selben Jahr wird Charlotte rechtskräftige Eigentümerin des Gutshauses.

1994
Der Name Charlotte von Mahlsdorf wird nach mehrmaliger Ablehnung als offizieller Künstlername genehmigt und im Ausweis eingetragen.

1997
Mai: Charlotte wandert nach Schweden aus und eröffnet in Porla Brunn ihr zweites Gründerzeitmuseum.

2002
30. April: Während eines Berlin-Besuches stirbt Charlotte an einem Herzinfarkt. Sie wird auf dem Mahlsdorfer Friedhof neben dem Grab ihrer Mutter beigesetzt.

Berliner Köpfe

Bd. 1 Rolf Kremming: Heinrich Zille
Bd. 2 Nicole Bröhan: Max Liebermann
Bd. 3 Heinz Ohff: Karl-Friedrich Schinkel
Bd. 4 Heinz Ohff: Peter Joseph Lenné
Bd. 5 Hans-Jürgen Schmelzer: Theodor Fontane
Bd. 6 Gabriele Brang: Charlotte von Mahlsdorf

Weitere Bände sind in Vorbereitung.

Die im Jaron Verlag erscheinende Reihe »Berliner Köpfe« ist hervorgegangen aus der Reihe »Preußische Köpfe«, die 1981 im Stapp Verlag begründet wurde.